U0858436

我的前夫②

汤慧子 小说作品

娱乐文学开山力作
深度揭秘潜在规则

他们之间到底发生了什么？由此翻开

東方出版社

图书在版编目（CIP）数据

我的前夫/杨慧子 著. —北京：东方出版社，2009
ISBN 978-7-5060-3616-0

Ⅰ. 我…　Ⅱ. 杨…　Ⅲ. 长篇小说—中国—当代
Ⅳ. I247.5

中国版本图书馆 CIP 数据核字（2009）第 142490 号

我的前夫

作　　者：杨慧子
责任编辑：姬　利　曹晔晖
出　　版：东方出版社
发　　行：东方出版社　东方音像电子出版社
地　　址：北京市东城区朝阳门内大街 166 号
邮政编码：100706
印　　刷：北京智力达印刷有限公司
版　　次：2009 年 8 月第 1 版
印　　次：2009 年 8 月第 1 次印刷
开　　本：787 毫米×1092 毫米　1/32
印　　张：8.375
字　　数：90 千字
书　　号：ISBN 978-7-5060-3616-0
定　　价：23.00 元
发行电话：（010）65257256　65245857　65276861
团购电话：（010）65230553

非凡的男人，承载着多少绝世美女的误伤……

零壹

老死不相往来

“白跃，这次您来上海做节目，正好赶上卓非凡也在上海电影节做评委，您打算约他出来一起喝杯咖啡吗？”

我身上套着一件圆领纯白色的棉麻大衬衫，宽松地把已经有些发福的身子藏在里面，下身藏青色的棉布长裙拖在地下，盖住了我脚上那双并不是很搭配的黄色圆头大皮鞋，鞋是刚刚走出酒店的时候随意套在脚上的，对于穿着，我向来十分随意，从来不在乎别人的眼光，只要舒服就好。

右手上的烟还剩下半支在嗞嗞地燃着，我的身子斜斜地窝在沙发里，沙发很软，这个姿势让我很舒服。

这时候的我正带劲儿地经营着几本杂志，写着几个专栏，也算是出版界的名人。平时，我也算是爬格子的人，也不知道今天怎么忽然一下子就变成被采访的对象了。刚刚这个问题是坐在我正对面的一位上海男记者问的，我听着他那温柔的上海男性的声音，心里有点儿犯愁。

“我觉得这位记者挺逗的，我现在吧，不过是坐了一个多小时的飞机从北京到上海，应该没必要非得约个老死不相往来的人喝咖啡吧。如果你的前前女朋友在北京，估计你也没那么大的心思到了就给人家打电话，约出来喝咖啡。不过，如果我现在在南极，冰冻的只剩下我和他，我想我还是会考虑你的建议的。”我眯起小眼睛，给了对方一个违心的微笑。

“白跃，您喜欢京剧吗？平时有没听过？”嘿，还是家乡的媒体比较厚道，听着站在我身旁的“京片子”终于把问题移开了，我赶紧打起精神准备和他聊聊这个我虽然不了解但现在却很是喜欢的话题。

“京剧是国粹，相当棒，我吧，平时偶尔也会听听，不过也是没时间，没仔细研究过。”我来了劲头，要发表个长篇大论，把这个采访赶紧糊弄过去。没想到记者的语速竟比我快。

“那您对卓非凡最新的反映一代京剧大师的影片《名伶》有什么看法？”哇塞，原来“京片子”更狠，我心里暗叫了一声儿。没注意长长的烟灰正好掉在手上，我赶紧缩了下手。

“我不能老坐这儿瞎说别人的事儿，对人家评论来评论去，我觉得这样特别不好。对于任何一个中国导演的作品我都有喜欢的和不喜欢的，我觉得你们还是应该自己去电影院看看，然后自己评价，也算是给国产电影做贡献了。”我的左手摸着圆圆的鼻子，做认真思考状。

“谢谢各位媒体朋友，我们今天的采访就到这儿。”主持人适时地打断了媒体的采访，可算是把我给救了，我感激地笑着，估计大嘴巴已经乐得咧到了耳根子边儿了。

卓非凡，知名导演，我的第二任丈夫，也就是我前夫。也不知道是从什么时候起，我和他的那点破事儿居然成了媒体争相八卦的焦点，无数双好奇的眼睛总是不合时宜地齐刷刷盯着我，让我小豆子般大的眼睛无处可逃，看着他们那饥渴的样子，就差没问出来：“你们怎么不早点儿离婚呀，害得我们不能早点儿问！”

零贰

哥们儿要拯救我

“白跃，你的稿子啥时候交，交到我这儿的罚款我都不好意思收了。”我刚从上海飞回北京，一下飞机就接到了庞伟的电话，光听声音就知道他已经要在办公室里跳脚了。

庞伟算是我的哥们儿，说算是，那是因为除了哥们情意之外我对他心生敬畏感。庞伟是京城知名周刊的主编，给我在他们周刊上开了个“男人和女人的那点破事儿”的专栏，讲讲男人和女人之间的故事。

刚开始他找我约稿的时候，我啥都没想，满腔的哥们儿义气涌上心头，想都没想就答应了，还大方地承诺只要我晚交一

天稿，就主动交 50 块钱的罚款。 可没写两期，我就后悔了，我的主意一天换 10 个，刚刚还在脑袋里想着这期写什么主题，提笔的时候就又改了，所以我的稿件从来就没能按时提交过。 这期，我已经交给庞伟 200 块的罚款了。

“嘿嘿，我明天就交，明天就交。”我嬉皮笑脸地跟庞伟开腔，“你不知道，我这两天为了一群记者都快抓狂了，被堵在上海问了一大堆卓非凡的事儿，你说我和他离婚都 16 年了，还得天天回答记者的提问，我冤不冤啊！ 就为这事儿才没及时写好您的稿儿。”我赶紧岔开话题，想要博取庞伟的同情，对于这个哥们儿，我实在是不敢得罪。

“我不管，你明天一定得给我交过来。”庞伟压根儿没准备跟我客气，耐着性子听我哭诉完，下了个命令就把电话挂了。

真没良心，我重新拉起箱子，一边走一边赌气地想着。

“对了，你刚才说一群记者又在问你卓非凡的事儿？”我刚走开，庞伟的电话又过来了，嘿，这下终于知道要同情我了，反应还真是够“快”的，我心里埋怨道。

“对呀，你说我委屈不委屈呀，天天费那么多口舌给他们解释那点儿破事儿，我都要累死了。”我再一次发挥了作为女人的优势，在哥们儿面前，也撒了回娇，说不准他会发慈悲不让我今天晚上通宵给他写专栏了，我想。

“哦，看来你们的事情还真是受欢迎啊！”庞伟的声音里居然连一点儿怜悯的意思都没有，“那从下期开始，你的专栏就写你和你的前夫，每期随便弄个什么主题，反正就写写你和他的事儿就行！”

“什么？ 我不写，我都快被这事儿烦死了，我刚刚不是才告诉你嘛，你到底有没有听我在说什么啊！”我都怀疑这个庞伟究竟是我的哥们儿还是我的仇人，每次专拣我最不喜欢的事情让我做。

“就是因为你遮遮掩掩地不说，那些媒体才每次都要问你。你在我们专栏上写清楚了，就不用再在无数个场合都重复地说一遍了，这样既给你节省了口水，又让大家弄了个明白，还能增加你专栏的读者群，一举三得的事情。 你要知道，这是因为你，我才这么做的，换了别人我还不兴管这事儿呢！”庞伟一副要拯救我于火海的英雄嘴脸，高高在上地和我说着。

“可是，这……”我想拒绝庞伟，可说话的底气却不足。

“可是什么呀，你是不敢写还是怎么着！ 就这么定了，从下期开始你就写这个。 别忘了，你下一本杂志的事儿还在我这压着呢。”庞伟得意地笑着，脸上肯定是每次在我面前占了上风的笑容，一双单眼皮盖着的狡诈的眼睛一定是眯成了一条缝儿，我想着拳头都握起来了。

敢拿杂志的事情威胁我，就知道他心里认定我和他比起来永远是个门外汉。 我一跺脚，真想撂挑子，可转念一想，下一本新的杂志马上要出来了，我还真有好多事情要求他帮忙，唉，我怎么这么悲惨。

“写就写，谁怕谁呀！”我冲庞伟叫嚣着。

“好好好，那就这么定了！”不等我反悔，庞伟就挂了电话，隔着听筒，我就知道他的高兴憋都憋不住了。

我知道自己又上当了，庞伟这小子每次都激我，他现在肯定躲在办公室的哪个角落里大笑，要不然就是给我那帮损友打电话，说我答应写我的前夫了，这事儿要是在我朋友间传开了，大家肯定会一起鼓动着我写，躲都躲不了了。

我真后悔，平时交友的时候怎么就这么不小心呢！

“跃，我在这儿呢！”林小米在 13 号出口朝我挥手，上飞机前，知道她出差，从杭州飞回北京，时间差不多，就让她在机场等我了。

我不记得和这个米丫头认识多少年了，好像和我在周刊办专栏的年龄差不多。林小米今年快 40 了，想来是老公照顾有方，脸上没留下什么岁月的痕迹，所以米丫头这样带着童趣的名字我一直用到现在。

“哎呀，刚刚庞伟又摆了我一道，你说气不气人！”我见着米丫头就像见了救命稻草一样。

“又怎么了，你们俩还真是水火不相容，可没事就喜欢往一块儿凑！”林小米分明是在取笑我，我也管不了那么多了。

“他让我在他周刊的专栏上写我的前夫，写卓非凡！还拿杂志的事儿威胁我，你说他还有人性嘛！”我是一肚子的委屈。

“哈哈哈！”林小米听了大笑不止，“我还以为是什么大事儿呢，你就写呗，反正有那么多读者等着看呢。谁让你以前嫁给他了，婚都结过，还怕写出来啊！”林小米居然和庞伟

一个鼻孔出气儿。

“你们还不让人家犯个错儿，警察叔叔都说知错就改是好孩子，你们怎么都不给人家一个改正的机会啊！”我的圆鼻子把气呼呼的鼻孔顶了起来，对准了米丫头那张大笑不止的脸。

“好了，你看你多行，不用凭你的才气，就只凭你的私生活就会有一批狂热的粉丝，我羡慕都来不及呢，你就知足吧！”林小米笑得更带劲儿了。

我决定不再跟这个丫头理论，一扭脸儿，快步往前走了起来。林小米一边还在上气不接下气地笑，一边拉着箱子在后面追着我。

我倒从不排斥说自己的隐私，但是现在的我在卓非凡之后已经又结了一次婚，离了一次婚，现在连固定的男朋友都已经处了七八年了，每天生活在男友给我的幸福中，对于那段十几年前的感情我老早就觉得没啥好说的了。

现在想想刚才怎么就一下子答应了他呢，我悔得肠子都要青了。怎么办？不然算是给自己提前写个自传吧，我心里只能这么安慰着自己。

零叁

完美情人的出场

拖欠庞伟的专栏文章不得不在晚上给赶出来了，由于气儿不顺，我在文章里毫不留情地揭露了那种利用手中的优势欺负弱小女子，并且还在欺负之后堂而皇之地给小女子一个理由，让她要感激涕零俯首下拜的男人，当然，我并没有把庞伟的名字写出来，我可不敢。

第二天一大早我还没睡醒，电话就吵得个地覆天翻。 我揪着乱蓬蓬的头发一通乱抓，在想直接把手机砸到门儿上去的前一秒，按下了通话键。

“还没醒吧，跃，专栏的事儿怎么样了？”庞伟“温柔”的声音在我耳边响起，他每次在抡完我一个巴掌后，第二天一定会以最温柔的攻势让我把昨天的疼给忘了。

“恩，写完了，待会儿就给你！”我有气无力地应着他，“知道我没醒还打电话。”

“嘿嘿，我不是说这期的，是说你前夫的事儿，当然了，这期写好赶紧给我，我又给你省了 50 块。”庞伟居然一大早打电话来说我前夫的事儿，这让我彻底崩溃了。

“我旁边正睡着现在的男友，你打电话来跟我说前夫的事儿，你到底是不是我朋友啊！”周景天在我身边咯咯地笑着。 我的睡意彻底被庞伟吵没了，索性起来半个身子，点了一支烟靠在床头上。

周景天和我在一起大概有七八年的时间了，是在我三次婚姻失败之后找到的完美男友。 之所以这么长时间没有登记结婚，是因为我们都太享受把彼此当作爱人的状态，无处没有的疼爱，让我觉得比那张纸来得更重要些。

“景天会理解我的，不信你问他！”庞伟厚着脸皮说。

“好了好了，我知道了，我在这期的专栏稿里都做了预告了，从下期就开始讨论前夫，这下你满意了吧，别跟催命似的打我电话了！”现在换我居高临下了，机会难得，我得抓紧时间也好好享受一下做英雄的感觉。

“趼，我就知道你最好了，那我等着你的大作。”庞伟幸灾乐祸地挂了电话。

“你是不是又被庞伟给套了？”挂了电话，景天拍了拍我圆溜溜的脑袋。

“你怎么什么都能猜到！ 我原本想做英雄来的，可现在我怎么觉得自己就跟就义似的呀！”我把烟头狠狠地在烟灰缸里涂抹了好几遍，趴在了景天的怀里。

不管怎么着，朋友也答应了，预告也做了，接下来我能做的就只有傻了吧唧地把我自己弄到专栏里，去拿自己说事儿了。

我无奈地从床上爬起来，连和景天腻一下的心情都没有了。

零肆

女人到底是爱金钱还是爱艺术

我这几天可真够背的，为了一个和我离了十几年婚的男人、一个知名导演而大伤脑筋，也不知道媒体哪里来的那么大的兴趣，整天拿我和这位名人前夫开涮。后来我想通了，这事儿归根到底就是因为我结交了一帮损友，他们在各种场合为了我和我前夫的事情兴奋着，毫不遮掩，连媒体都觉察到了，一遍一遍地访问，然后这帮损友看过那些报道后，还要在和我喝酒的时候添油加醋得意洋洋地告诉我，恭喜我再一次登上名人榜。更可恶的是，我的损友之一，庞伟这个家伙，还变本加厉，要让我把这些事儿整到专栏里。而我在所谓哥们义气的冲动下，一不留神就跳进了他设好的圈套里。

现在一切都晚了，我只能任人宰割。那既然如此，我就借专栏告诉媒体朋友们，你们想知道的关于我和我前夫的那点事儿，我会通通在这里说一遍，你们以后也别总是让我在不同的场合说这事儿了，其实对别人这么瞎评论我觉得特别不厚道。

言归正传，这期的专栏主题我要说的是“女人到底是爱金钱还是爱艺术”。其实写下这个题目的时候，我觉得自己挺矫情的，金钱和艺术都是好东西，缺了哪一样都不行，为什么偏偏要把它们两个分开，真弄得水火不相容似的。

但是，现在流行的伪小资就非要把它们弄成这样，要怪，你们就去怪他们好了。他们整天挤着公交车、吃着方便面，却永远扛着名牌包、穿着名牌衣服，出现在各种疯狂的时尚派对当中。什么慈善晚宴、艺术展览、时尚派对，只有在这样被贴上了无数艺术标签的派对中，伪小资们才总算觉得找到了自己存在的价值。

这些伪小资们在公司里拼命加班到凌晨 3 点换来的 PRADA、CHANEL，为的只是能取得这些艺术派对的通行证，而原本过程当中对于金钱的追求，那是要被他们鄙夷和忘记的。追求金钱那是多么肤浅的事情，只有艺术才是高尚的，这就是女人所谓的到底是爱金钱还是爱艺术。

虽然他们的想法和举动都是我现在所不齿的，但我还是不幸地在20世纪80年代的时候就曾经加入过他们的行列。

遇到前夫卓非凡的时候，我正执着于对艺术的追求，只要是能见着个真正的艺术家，我扑腾就能给人家跪下，那时候就是特别地崇拜艺术。而我认识卓非凡的时候，他的确是一个艺术家。

“我有一个哥们儿搞电影的，倒腾出好几部片子都不错，要不要去看看？别整天自己在家里瞎鼓捣，看完你肯定得佩服！”山子倚在我家朱红色的四合院的大门上对我说，估计是我整天在嘴巴里念叨着什么电影啊艺术啊啥的，连山子都听烦了。

我们家祖祖辈辈都住在这个四合院儿里，当然我见过的也只是到外公那一辈。四合院儿的门是朱红色的，时间越久，红色越沉重，带着厚厚的历史感。大门儿的两头挂着两个灯笼，天一黑就点起来了，曲径、门厅都被照得通红通红，院子里的树影也在红色的灯光下斑驳地印在地上，小时候的我看着这景象总觉得有点瘆人。在这条胡同儿的四合院中，住着几乎清一色的名门望族，我们也算是，这是我长大后才深刻感受到的。小的时候，我只是觉得不能像其他小孩儿一样在胡同儿里疯跑，因为我们这一胡同儿的小孩儿几乎个个都是大门不出、二门不迈，女孩儿都要大家闺秀似的细着声出来走着小碎步，而男孩儿则一个个都跟上了弦似的，等着建功立业。

山子就是和我在这个胡同儿一起长大的发小儿，一个和我一样企图在这样的胡同儿里疯跑的小孩儿，幸好有山子，不然我的童年非得憋屈死。所以，虽然山子是个男孩儿，可我那时候还是不管三七二十一地和他成为了好朋友，一直到现在。

“有那么神吗？”我撇撇我的小眼睛看着山子，有点不屑。

我 12 岁的时候，就和很多个小朋友一起被送到了美国，作为国家培养的人才去接受西方文化的熏陶。在国内生活并不是很富足的时候，我已经提前在纽约、华盛顿吃上了美国中学里的牛排、面包，见识了破破烂烂的牛仔裤，欣赏着鲍勃·迪伦的歌儿了。所以，尽管我当时对中国文化特别向往，但是我觉得我的鉴赏口味还是相当挑剔的，对于山子的推荐，我并没有十分放在心上。

“去看了你就知道了！”山子对我满不在乎的眼神早已经习惯了，他从来都是用事实和我说话，不和我在口头上计较，因为他知道凭我的伶牙俐齿他也捞不到啥便宜。

“好啊！”我想看看就看看呗，说不定这就又成了我嘲讽山子的话题，我心里偷偷地乐着。

山子带我去看的就是卓非凡的《高原》，那时候我并不认识卓非凡，可能偶尔在《大众电影》上看到过有关他的只言片语，但也没往心里去。

直到坐在电影院里，我依旧还是抱着要嘲讽山子的可笑心态。

电影在极其简单的画面中慢慢拉开，没有什么对白，大银幕上充斥着绵延不绝的沟壑与土塬，经过岁月销蚀的山形和地貌，一片荒凉得没有一点生命迹象的广漠高原。

《高原》讲的是一个普通的陕北农村女孩儿为了反抗父亲为自己订下的娃娃亲，与命运抗争的故事，但是卓非凡却没有把影片简单地集中在这个故事上面，而是调用了大量的景色白描的手法，来进行诠释。

随着电影画面的推进，我开始被那一片片在电影中生长起来的、有生命力的，或温暖、或冷漠、或广袤、或贫瘠的黄土冲击着，脑子里像被这些景象雕琢般留下了巨大的沉重感和压抑感，我想那是蔓延在黄土中的民族文化深处的保守和无法挣脱天命的悲剧感。这样的感觉一直持续到了影片的结尾，女主角的弟弟在人流中逆向狂奔，那些长期被压抑在古老黄土之下的年轻的生命力在这样的唤醒中喷薄而出。

“电影怎么能拍成这样！这简直就像是一首诗！”电影院的屏幕上已经在滚动着电影制作团队的名字，观众也已经陆续离开，可我还呆坐在椅子上不想动弹，我简直不敢相信自己眼前的画面。我对着山子，激动地合不上嘴巴，两片儿薄嘴唇绷成了一个圈儿。

那是 1986 年的夏天，我第一次深深地被一场电影打动了，那就是我一心想追求的艺术，它甚至超乎了我的想象，让我都有点儿反应不过来。

“我就和你说吧，看完你肯定会被震撼的。”山子得意地拉着我出了电影院。

走在回家的路上，我突然觉得很失落。

“山子，我觉得我特别的肤浅！”我转过头看着山子，“你说我每天就跟个洋买办似的，到处找人家谈生意，拿着一堆

狗屁合同，哄着人家签字，实在不签的时候我还要陪着人家吃饭喝酒。我的生活怎么就和艺术一点儿边儿都不沾呢？我其实也没别的追求，就是想弄点儿像卓非凡那样的、艺术的东西，哪怕就天天让我看着都行！”

我像一个到处碰壁的怨妇似的冲着山子抱怨。可当时的实际情况是，我在两年前也就是自己23岁的时候从美国回到中国，像模像样地在一家外资公司做咨询。两年后，我已经成了这家公司中国代表处的总代表，在人们的工资还不会超过70块的时候拿着高达7万美金的年薪，那是一个什么概念，三四个月的工资就能在北京买上个四合院了。我整天看着自己的存折，上面一大串一大串的数字时常让我感觉到莫名其妙的荒谬和空虚。我一心只想追求艺术，对于我每天花去除了吃饭睡觉的时间，去赚那些数额巨大的钱，我觉得自己简直肤浅到了极点。

“我都不知道你每天在瞎琢磨什么，没有钱，哪里来的艺术，你连欣赏艺术的钱都没有，你还谈什么艺术！”山子的话有点像绕口令。

“我不管，反正我要认识这个卓非凡，你帮我办吧！”还没有遇见他，我对他的艺术就已经顶礼膜拜起来，我对山子下发了指令。

那个时候的我也像现在的伪小资一样，喜欢艺术，渴望艺术，觉得只有在生活中有了艺术，生活才是生活，女人才更高尚。

其实，即使在写今天这个专栏的时候，我也没弄明白女人究竟是喜欢金钱还是喜欢艺术，反正我现在是拿着金钱在做艺术，拿着艺术在换金钱，我不想把它们对立起来，喜欢金钱的女人不能一概而论为是世俗的，喜欢艺术的女人也并不一定都是高尚的，因为没有金钱就会没有艺术，两者相辅相成。所以按照这个主题我写了一大篇，最后却发现倒不如来探讨女人是先喜欢金钱还是先喜欢艺术，是金钱决定什么样的艺术，还是艺术决定多少金钱的问题吧！想必读者看到这儿一定要崩溃了！

零伍
女人对男人的杀伤力

关于我和前夫的那点儿事儿，本来就想随便糊弄一篇，看看大家都没啥反应我就和主编说把专栏改回到从前。没想到第一篇发表了以后，竟然有很多读者打电话到杂志社要求我继续把故事写完，不知道打电话的人里面有没你，反正我觉得这事儿做得挺不厚道的。你们看这本书的时候说不定正在马桶上蹲着，看着我文章里暴露的隐私嘎嘎直乐，而我就像是被你们扒光了裤子强行陪你们蹲在马桶上一样，只是我连男厕所还是女厕所都不能挑拣一下儿。

不过，你们的电话倒是让主编高兴了，他发话要让我死扛到底。

这期的话题聊的是女人对于男人的杀伤力。我并不像某些女权主义者一样对这个题目充满仇恨，她们觉得女人是绝对高高在上的，女人就是要为自己活着，绝对不能屈尊来衡量自己能不能吸引男人。

我倒觉得，女人理所当然要为自己活着，只是要想活得丰富多彩，生活里怎么能少得了男人呢。女人对于男人的杀伤力并不是要女人卑微地去勾引男人，而是它直接导致了这个女人在生活中遇到好男人的概率有多大，这可是攸关女人一生幸福的问题，所以当然值得我们来讨论一下儿。

什么样的女人对男人具有杀伤力，我想不同的男人可能有不同的标准，譬如纤长的美腿、大大的眼睛、消瘦的身材、浓密的卷发、浑圆的臀部，总之，不管是什么标准，女人第一印象的美丽总是最具杀伤力的，其次才是什么心灵美、智慧美之类的，这些都藏着掖着总是不容易被发现。所以没有拥有漂亮外表的很多女人，不管心灵多么美丽，也总是有点自卑的，因为对男人的杀伤力小，遇到好男人的概率小，所以对于能在人群中发现自己的男人，总是带着几分感激。

我就是这样的。

和卓非凡认识的时候，我压根也没想过自己能对那么优秀的一个男人产生杀伤力。

和卓非凡的见面，并没费多大周折，山子在我的指令下很快就为我约到了他。

山子和卓非凡约在建国饭店，我和 Mike 到的时候，山子已经坐在椅子上无聊地翻看着一本书等着我们，看来卓非凡还没来。

Mike，一个美国人，长得很高大，眼睛很深邃，当然更重要的称谓是我的丈夫。我在美国读大学三年级的时候，就和 Mike 结了婚。那时候，就是 1983 年，Mike 想来中国，可当时没有一个正式的邀请是来不了的，而我当时因为继父病重要回国看他，却特别害怕回国之后再出不去，所以我俩商量了一下儿就这样结了婚。我给他混了一个中国签证，他跟我回来我以后，我也能很容易地再出去，就这么简单。

当时，我打电话给我妈妈说："妈，我能回来了！"

"你回来还不知道能不能再出去了，现在还是先在美国待着吧。"妈妈说。

“没事，你放心，我和一个美国同学结婚了，出去没问题！”我和妈妈说，好像结婚就像是小时候过家家一样无所谓。

“你说什么？ 你结婚了？”我妈妈很惊讶，但声音中还是不失大家闺秀的风度。

“是啊！”我说。

妈妈气得好久都没说话，等了一会儿就把电话挂了。

其实和 Mike 结婚的时候，我压根不知道什么样的东西是婚姻，什么样的东西是家庭，我就觉得有人答应娶我，我也觉得挺好的，就这么结了。 婚姻、感情，这些对于我来说都是些虚无缥缈的东西。

我还记得我 9 岁的时候，爸爸把我叫到他在学校的宿舍里和我说：“爸爸今天要告诉你一件重要的事情，爸爸妈妈今后要分开生活，但是这和你一点关系也没有，你和爸爸妈妈的关系不会改变，你的生活也不会改变。 你记住了吗？”爸爸的话当时对我的触动很大，我那个时候虽然还不是特别理解这件事情对我的影响，但是我已经明白了我们的家庭以后可能都不会像现在这样完整了，家庭也不是一个永恒的东西。

之后，我 12 岁空降到了美国，在没有父母照顾的环境下长大成人，我对于家庭真的没什么概念。 所以，我和 Mike 结婚的时候，什么都没考虑过。

“山子！”我和 Mike 朝山子走过去，拉开椅子坐下来。

“你还真是一跟艺术沾边儿就来劲儿，平时没见你这贵族大小姐这么死乞白赖地吵着要见一个人啊！”山子合上书，眼睛滴溜溜地上下打量着我，满是嘲讽。

“你别寒碜我了，还贵族大小姐呢！ 我现在就觉得生活里光剩下赚钱了，日子特别庸俗。”我一本正经地和山子说。

“您这纯粹是吃饱了撑得！ 您出生在人们都向往的高干家庭，赶上小时候大家生活条件不好的时候，您在国外尽情地喝着洋墨水吃着洋快餐，等生活条件稍微好点儿了，人们一个月盼望着那几十块钱能为自己拾掇拾掇时，您却已经拿上了资本主义国家发给您的巨额钞票，在大家面前感叹生活的空虚，您这不是纯粹找抽型的嘛！”山子痛苦地看着我。

“我呀，跟你就是说不清楚！ 我打小儿就住在那个四合院儿里，我家门口那扇朱红色的大门儿把我紧紧地关了起来，好像要把我从整个世界抽离出去一样，我天天尽想着搁外面和别的小孩儿一样疯玩，可没怎么让我得逞；好不容易我该上小学了，给放出来了，我刚仔细地把学校喽了一眼，看看哪能施展一下自己的‘才华’，哗一下儿，就又被扔到了美国，语言不通地方不熟，就任我在那儿自生自灭；现在终于回国了，却还在给外国人工作，拿着外国人的钱，你说我心里能好受的了嘛。现在，我好不容易想追求自己想要的艺术了，你可不能拦着我！”和我辩论，山子永远只是输的一方。

“行行行，我拦不住您，这不给您把艺术家请来了嘛！”山子总是被我说得特别没辙。

Mike 的话本来就不多，一到了这个时候更是坐在一旁听我们瞎扯，我们语速太快，他压根儿就听不明白，我也懒得和他解释那么多，就听之任之了。

卓非凡就是在我和山子争论得不可开交的时候进来的，“对不起，对不起，我迟到了，剧组有点儿事儿，实在是走不开。”人未见，浑厚的声音先到了。

卓非凡一米八几的个子站在我们面前，有些扎眼，浓密的眉毛越到眉尾越粗重起来，让整个人看上去沉甸甸的，压住了阵脚。卓非凡的眼睛并不大，但像是会说话，和我们打招呼的时候，眼睛里已经写满歉意。

“你好，和我想象中的不太一样啊，我原以为艺术家都是多少带点柔弱气质的，没想到你是一典型的北京爷们儿。”我对卓非凡的第一印象相当不错，是位艺术家，还是位帅气的艺术家，我想。

“哈哈哈，过奖了！ 你好，你就是白跃吧，早有耳闻了，聪慧过人！ 今天一见果真如此啊，连夸人的方式都不一样！”我和卓非凡似乎并没有第一次见面的拘谨，两个人对对方的评价都是恰到好处。

“连这个都被你知道了，哈哈！”我没和卓非凡客气。 其实，当时碍于我的家世，很多人都对我略知一二，而卓非凡形容的聪慧也是相当贴切，在这一点上我有足够的自信。

“前不久，山子介绍我去看了你的《高原》，看完之后我就催着山子说一定要让我见见你！”卓非凡落座后，我和他说。

“你觉得怎么样？”卓非凡问我。

“影片的对白很简洁，虽然不多，但却很有力，画面构图也很大气，大面积的黄色和黑色，让画面极富冲击力；影片中的民歌更是有种震彻心里的感觉，与画面贯穿在一起，让大家感受到黄土高原上几千年来积淀下来的厚重、淳朴和人们向往光明的意愿。 这是一个简单的故事，你却用诗一样的笔调把它读了出来，令人非常震撼。”我一口气把自己的想法都倒给了卓非凡，这是我从电影院出来时就想对他说的话。

“你也是搞电影的，还是研究美学的？ 怎么能有这么精准的理解啊。”卓非凡的眼睛里闪出了亮光。

“她啥也没研究，她就是一个带着艺术神经质的生意人。”山子可是一点儿都不给我留面子，打断了我和卓非凡的谈话，“你们也别光顾着谈艺术了吧，我们还没点菜呢！”山子补充道。

“对呀，对呀！”卓非凡有点不好意思地看着山子，“没料到白跃对电影还挺在行儿。 我这人就是比较木，别跟我说电影，只要一谈到电影我什么都能给忘了。”卓非凡自嘲道。

我和卓非凡在第一次见面中就熟络起来，他在饭桌上给我大讲中国文化、讲中国电影，我和他侃美国文化，我们俩越说越有激情，愣是把 Mike 和山子搁一边儿晾了起来，我觉得自己这回跟艺术真正沾上了边儿，一顿饭吃了 4 个小时，都走到家了我还是兴奋得不得了。

第二天傍晚我下班刚回家，山子就跑到我屋里和我说："卓非凡和我说很感谢我介绍你给他认识，你的确是聪慧过人，并且有很高的艺术修养。'"

我一听，心里都乐开了花儿了，不是因为别的情愫，就是因为一个艺术家在茫茫人海中发现了我，还给了我这么个评价。"艺术修养"，能让一个艺术家对别人说出这个词儿，是多牛的一件事儿啊，艺术家肯定都特别喜欢有艺术修养的人，我觉得这句话得让我高兴好几天了，我想着想着就笑出了声儿。

"一句话就把你乐成这样了，我不也每天夸你聪明懂艺术嘛！"山子把我张大的下巴夸张地往上抬了一下。

"因为你不是艺术家！"我不屑地看了一眼山子，继续沉浸在自己的快乐中。

我那会儿就跟着了魔似的想要追求艺术，谁也拦不住。

现在回想起来，那时候的我凭着自己对于艺术的见地的确对卓非凡产生了杀伤力，因为卓非凡在后来和我的回忆当中，始终对这顿饭印象深刻，他甚至记得我穿着件自己改良过的中式唐装，大谈着中国电影、美国文化，时不时还拽几句英文，虽然有些看法并不专业，但却也很有思想。我知道这种杀伤力当然不是来自外表的美丽，所以从我意识到开始，就格外感激涕零地珍惜着。

零陆

用隐私换来一位专家

“跃姐，你还是先接电话吧！”

新一期的杂志还有两天就要开印了，可杂志的封面还没有定下来。我在办公室里来回地走着，瞪着原本不大的小眼睛，薄薄的嘴唇也紧张地绷了起来，企图从各个角度观察挂在我办公室墙上的两张照片。为了能更专业地挑选照片，我煞有介事地在自己办公室的后墙上弄了几个黑白框，以便把照片放上去欣赏。杂志社的一群美编在我身后快要睡着了，已经是夜里 12 点多了，封面在我的眼睛里已经熟悉成了两张贴在墙上的海报，我都选择了一天了还没能定下来。桌上的电话不停地响着，我还在封面里神思。

“究竟是谁非要在这个时候给我打电话！”我在工作的时候，总是不喜欢被别人打扰，虽然我总是因为自己的杂志去打扰正在工作的朋友，呵呵！

“跃，你看今天的报纸了没？”电话刚一接通，电话那头儿就传来庞伟兴奋的声音。

“没啊，什么报纸啊，我现在脑子里只有我的杂志！”这个庞伟每次催稿儿的时候都是一副居高临下的样子，只有求我办事儿的时候才会这么兴奋。

“哎呀，跃，你赶快去看看，随便什么报纸上肯定都有。你给我们写的专栏，现在都成报纸头条了，说‘名门之女白跃首度揭秘与名导前夫的恩怨情仇’！”庞伟给我念着新闻标题。

“还恩怨情仇呢，什么报纸这么八卦啊，你得给我精神损失费啊，我拿着自己的隐私为你们周刊带来多大的销量啊！”我和庞伟说。

“我打电话来就是和你说，你的文章受到了广大人民群众的热烈欢迎，希望你能再接再厉，再创新高！”庞伟油腔滑调地说着。

“我就知道你态度和蔼的时候打电话来准是有事儿求我，想要我写可以，现在来我办公室，帮我看看这期封面用哪张图吧，我这都看了一天了还没决定。”我给庞伟开出了条件，在杂志的审美上，他可是行家。

“好吧，我又中了你一招儿。”庞伟说完挂了电话。

“大家可以回家休息了！”既然专家要来了，我就给各位美编提前下了班。大家一听立刻来了精神，一个个像从梦中惊醒一样，对还没来的庞伟这个救星鞠躬哈腰地感谢着。

零柒

离婚也是幸福的

“白跃，你到目前为止已经经历了三次婚姻，你觉得你现在幸福吗？ 感情上是不是会有阴影？ 你还会继续在你的杂志上写情感专栏吗？”前两天我在参加一个时尚派对的时候，一个记者给我丢过来一连串的问题。

“首先我要说，按照你的理解，我得给你解释一下，情感专栏并不一定就是要写王子和公主幸福生活在一起的故事，而更多的是现实社会中的男男女女遇到的复杂的关系。 其次，结婚是幸福的，我现在告诉你其实离婚也是幸福的，所以我并没有什么情感上的阴影，当然也还会坚持在我自己的专栏里和大家一起聊这些事儿！”

记者的问题让我想到了这篇专栏的话题。

爱是一个享受的过程，是你想爱他，他也很想爱你的过程，爱不是一种牺牲，而是一种愉悦。 不过，我们谁也不能保证一段婚姻会一直存留着愉悦的印记，性格不合、习惯不同、审美疲劳，每一样可能都会让婚姻的城墙坍塌。

我们坚守着这样破损的爱情，试图修补，再修补，可直到补丁摞补丁的时候，我们还是会难过地发现，费了那么长时间，我们的感情却再也回不到从前光滑的布面上了。 当你一次次为了远逝的爱情而埋头痛哭的时候，不如勇敢地选择离婚吧，为了等待着你的下一个幸福！

我并非是要鼓动你离婚，也并非是要以我离过三次婚的经历来向你炫耀，当然我也不是想要为我的离婚找借口。 其实，每次离婚我都得经历好长一段时间痛苦的自我反省的过程，我告诉自己我不能逃避，离婚是两个人的事儿，我起码为这样的结果付出了一半的“努力”，所以我“承认”这个过程是异常痛苦的，但是这并不代表我们就要永远生活在这样的阴影之下。 选择离婚是另外一种幸福，我们远离了目前的痛苦，走近了未来的幸福，虽说道路上满是荆棘，但毕竟已经拥有了起点。

和卓非凡的见面，让我把我内心整日蠢蠢欲动的艺术情结完全爆发了出来。

1986 年 7 月，卓非凡在西北影视城负责长安电影制片厂投资的电影《知青教师》的拍摄，我知道了消息后，立刻拉着 Mike 和山子坐着火车跑了到片场，想现场见识一下这艺术到底是怎么样弄出来的，也想看看卓非凡在现场是怎么导片子的。

“非凡！”

我们到的时候，卓非凡脸上蓄起了大胡子，正穿着一件黑色的 T 恤衫在片场指挥，比我第一次见他的时候更多了点儿艺术家的气质。我站在远处树荫下看着他，等他忙活完一条了，我才和 Mike、山子走过去，叫了他一声。

“呀，你们怎么大老远跑来了？也没提前和我说一声儿。”卓非凡对于我们的来访很惊讶，不过高兴还是止不住从满是汗水的脸上绽放出来。

“上次见面的时候我就和你说我一定要来你的片场现场感受一下，趁着这几天有时间就过来了！”我和卓非凡说。

“呵呵，那辛苦你们了，天气这么热。 你们先在旁边的树荫下休息一下儿，我让剧务给你们倒点儿茶水，今天的戏快拍完了，待会儿我再来招待你们！”卓非凡说。

“没关系，没关系，你忙你的，我们在一旁看看就行。”我和 Mike 他们退到了一旁，看着卓非凡在现场忙来忙去，都顾不上和我们多说一句话。

那时候的卓非凡距离拍摄完《高原》已经有两年多的时间了，《高原》在国际上夺得多项大奖，是中国电影真正走向世界的开始，而卓非凡当时在中国电影界已经毫无疑问地成为了领军人物。

“卓非凡是科班儿出生的导演吗？”我问山子，对于卓非凡我除了崇拜之外，其实并不了解。

“那当然，他不仅是北电导演系的科班生，家里也是文艺世家，他父亲卓越是知名的戏剧导演，所以他在中国电影界绝对能算得上是有纯正血统的。”

“怪不得我觉得，他身上的气质那么不一样。”我自言自语道。

“什么气质？”Mike 听懂了“气质”一词。

“你不懂。”我应付着 Mike。

“他的气质和他的家庭出身有关，我估计也和他的经历有很大关系。卓非凡出生在北京，初中毕业后因为文革、插队不能继续上学，就到了南方的农场当工人。后来又机缘巧合地因为会打篮球，在 1970 年的时候去部队当了兵，一直到恢复高考才有机会考上了北电。能上大学实现自己的理想特别不容易，所以卓非凡现在对于电影的执着是我很少能从其他人身上感受到的，他把从小到大的理想都付诸在了电影上。”山子接着我的话说。

“你对他还挺了解的啊！”我点点头。

“那当然，不了解，我能敢随便就给你介绍个不入流的艺术家嘛！”山子得意地看着我。

“恩，这件事儿做得好！”我拍拍山子的肩膀，以示鼓励。

我和 Mike、山子就在旁边一边闲聊一边等着卓非凡，等他忙完已经是晚上 8 点多了。

“实在是不好意思，你们特地来看我，还让你们等了那么久！”卓非凡在太阳下站了一天，黑色的 T 恤上隐隐约约地渗出了些汗渍，脸也被晒得通红通红的，像是一把红透了的烙铁。

“没关系，我们都怕在这儿说话太大声儿了影响你拍摄！”我对卓非凡说，“那现在你收工了吗？ 收工了我们就去吃饭吧！”

“好、好！ 肯定把你们饿着了，干我们这行的经常是饥一顿饱一顿，也习惯了。”卓非凡答应着。

片场比较偏僻，我们四个人走了很长一段路，才找到个小馆子坐了下来。

“听说《知青教师》是讲中国文化的一部电影？ 你以前涉及过这类题材吗？”我对于卓非凡的电影总是很好奇。

“确实没有，不过这个影片原著的作者和我很熟悉，我们在 20 年前都在南方的一个农场工作过，所以他讲的故事我能理解，他说的语言我也有着深刻的体会，我想我能表达出他想要表达的东西。 你们想的这个‘文化’，听起来很大，其实也没什么玄奥。我拍这部片子，是因为影片中有一些像我们这一代对‘文化’的见解需要表达。我想告诉人们，我们这些新一代的导演，并不只是在电影形式上彪炳于世，对于严肃的内涵我们是须臾不敢忘却的。我自信这是我拍摄的影片中最重要的一部，也是我迄今为止最喜爱的一部。”卓非凡坦诚地向我诉说着他对于电影的理想，对于中国电影的期望。因为在《高原》之后，就有很多影评家说卓非凡的电影形式大于内容，我想他一定特别想证明自己对于电影内涵的理解。

我想得入了迷，都忘记回答他了。

“一说起电影，我就止不住，是不是太枯燥了，你们都不说话了？”卓非凡有点儿不好意思。

“你不知道，这才对白跃的路子，她天天跟我面前唠叨什么电影啊、艺术啊，我耳朵都长茧了，这下终于有人和她说了，不用天天折磨我了。”山子笑着和卓非凡说，自己像是落了一身轻。

“当然不会枯燥，只是我在想你身上居然背负了一代人的希望，想要为整个中国电影做点儿事情！”我看着卓非凡，突然觉得在此刻，眼前的卓非凡实实在在地让我觉得接到了地气儿，让我真正意识到我确实回到了祖国，感受到了中国文化，这是我回国之后就一直急切想寻找的，没想到在一个电影导演的身上找到了。

Mike 总是在这种时候显得无所适从，他听不懂，索性一个人夹着菜吃了起来，我偶尔会给他翻译一些，他要是能捕捉到一些听得懂的词儿，便抬头看看我们，努力理解我们的意思。 但我想他应该还没反应过来他明白的那个词儿，我们的话已经出溜出去一大摞了，所以我也就不再辛苦地给他翻译了。

这次西北影城之行让我很兴奋，在回来的火车上，我一路都和山子、Mike 讨论着电影，但大多时候都是我一个人在说，Mike 处于昏昏欲睡的状态，而山子也是偶尔才搭我一下儿腔，弄得我像是心里的话都没地方和别人说一样，满心的落寞。

返回北京以后，我又回到了平日里的生活，照旧和生意打着交道，我越发烦躁起来，开始不停地反思现在的生活，甚至开始抱怨。

Mike 对我的脾气越来越不能忍受，他看着我每天闷闷不乐，不知道我究竟要干吗，他只会一遍又一遍地用英文问我到底怎么了，逼急了我把心里的话都说了出来，“我才 26 岁，赚到了足够的钱，我回到了中国，却怎么也融入不到我的家乡，融合不到周围的氛围中，那些钱、那个工作没有给我带来任何归属感，我感觉到自己很孤独。”

Mike 一脸无辜，他不明白为什么赚到了钱还不高兴，如果融入不到周围的环境，那我们可以去旅行，可以离开这里定居任何一个我们喜欢的国家。

可那个时候是我从小到大第一次那么渴望留在自己的家乡，我希望在我的生活中找到那天在片场“接到地气儿”的感觉，但是我发现我和 Mike 生活的时间越长，离这样的愿望就越远。

终于，在一次激烈的争吵中，Mike 拎着行李返回了美国。我们两个谁都说服不了谁，一怒之下彻底终结了我们的第一次婚姻。

和 Mike 的离婚，多少让我有点伤感。虽然和 Mike 的结合，并不完全是情到深处欲罢不能的爱情所致，离婚时我也没有因此而失去太多的感情，但是这毕竟是我的第一次婚姻，最终以离婚而告终的失败还是让我尝到了一种挫败感。

“山子，我和 Mike 离婚了。”我沮丧地和山子说。

和 Mike 离婚的时候，我找不到别人来诉说，在我结婚的时候，妈妈正在国内给我张罗着介绍对象，都是门当户对的，可我怎么能容忍自己的一生都被母亲安排好呢，于是我都没和妈妈商量就和 Mike 在美国领了结婚证。虽然妈妈后来知道再说什么都没用了，但打心里还是一直反对我和 Mike 的婚姻，即使我们已经结婚，她依然总是觉得这样的跨国恋爱最终都不会有任何结果。现在，离婚了，真应验了妈妈的话，所以我也没办法和妈妈诉说现在的心情。

“我已经听说了，两个国家的文化太不相同了，或许你们本来就不应该结合在一起。没关系，你这么年轻，一定能遇到更适合你的人。”山子安慰着我。

“或许吧，我也不知道会不会再遇见合适的人。”我满心伤感。

那一阵子，我整天就像个空壳子一样，在公司、家还有应酬的场所里机械地飘来飘去，我不知道自己接下来应该怎么办，我也不知道自己究竟想要什么，直到我再次遇到卓非凡。

和卓非凡的第三次相遇，是在我即将绝望的时候，也是在他正经受痛苦的时候。那一次的遇见，对于我们两个人来说都是不早不晚，好像注定了会有异样的情愫在我们中间疯狂地滋长，可能我们谁都没有料到。

这就是我所谓的离婚的幸福，遇到卓非凡之后，我才体会到。我也没想到，在不知不觉中，卓非凡就把我带离了和Mike离婚的痛苦的泥潭。我想，如果不是我适时放弃，没有始终沉浸在对已经没有意义的上一次婚姻的纠缠中不能自拔的话，可能我现在就连感受下一次幸福的机会都没有了。直到现在，我都很庆幸自己还拥有一份面对婚姻危机时的果断。

零捌

男人究竟喜欢美女还是才女

“你说男人究竟是喜欢我这样的美女，还是更喜欢你那样的才女？”在前不久的一次闺密聚会上，我的闺密陈安妮问我，显然是喝多了的状态。

“凭什么你那样的能叫美女，我这样的就只能叫才女？”我说着就想把手里的啤酒瓶敲在这妮子的头上。

你们别被她的名字迷惑了，虽然说叫安妮，可人却没像名字那样妩媚动人。她性格大大咧咧，做事雷厉风行，有事儿没事喜欢弄点纪录片，只有在这点上有点儿文艺青年的气质，但和什么美女、温柔、性感都搭不上边儿。我很喜欢安妮鼓捣出来的艺术作品，思想很深刻，在我眼里她和林小米才是真正的女艺术家。

我不知道这样公开地评价她，会不会招来一顿拳头。不过，管他呢，我先过了瘾再说，她原本就有的是时间在私底下欺负我。

“好啦，那就算我不是美女，那你天天研究男女关系，你说男人究竟是喜欢美女还是才女？”安妮继续问我。

“美女和才女当然是女人中的两种极品，无论你成为其中哪一种，都是非常成功的，哪能沦落到男人不喜欢的境地。”已经是凌晨 3 点，我抱着个啤酒瓶窝在酒吧的沙发里，一件黑色的中式褂子被我蹂躏得满身褶子，丝毫没有美态可言。

“那我刚才说你是才女，你还不高兴？”安妮反问我，看来这妮子还没喝醉。

“我不是不想把我们两个人划分为两个阶级嘛，连主席都说大家要团结一致啊！”

美女和才女的确是女人中的两种极品。

美女总是很容易被发现，径直走到跟前，看个长相、观个身材就能断定，但是才女却隐藏得很深，没有深入了解看不出其中的奥妙。

男人往往只在第一时间看到美女，那是因为他在分泌荷尔蒙，他的下半截先于上半截想和美女靠拢，所以美女看起来总是有点肉欲的感觉。

才女对此很不屑，所谓从冲动到高潮，也不过就那么几分钟至多几十分钟的事儿。

才女虽然隐藏得深，但如果男人一旦和她有过些深入接触，才女的智慧、灵性，甚至是温婉、善良便会一股脑儿地抛向男人，这时候男人的上半截就会越过身体主动迎合了。

不过，美女对这样的说法也不赞同，毕竟想要接触并深入那些才女的男人，不知道还剩几个？

我不是美女，我不了解男人在那几十分钟的高潮完了之后，是否还能继续保持对美女的爱。但我还略微能算是才女，所以觉得但凡能有一个男人从接触并且想深入你的时候，八成就是爱上你了。听我这么分析起来，好像男人更爱才女，所谓“红颜祸水”嘛。

“今天晚上几个朋友聚会，你有时间过来吗？”接到卓非凡的电话的时候，我正无限沮丧地靠在大奔轿车后座的靠背上，那时候在北京还没有多少人能坐上这样的高级轿车，但是我却一点儿享受的心情都没有，心里异常疲惫。

“你回到北京了？”听到卓非凡的电话是这几天让我唯一高兴的一件事情，我的精神头儿迅速高了起来。

“嗯，这几天要在北京处理点事情，我给剧组放了两天假。晚上约了几个电影界的朋友聚一下，你带 Mike 一起来吧。”卓非凡说。

“嗯，好的！”我答应着卓非凡，心里居然有了一点莫名其妙的紧张。

“又不是第一次见面，这是怎么了。”我自言自语道。

我让大奔加快速度开回了家，我得换身装束。

拉开衣柜，在美国买的裙子一条条整齐地挂在里面，我挑了一条黑色的真丝连衣裙套在了身上，背后的拉链拉起来有一点困难，我憋了一口气把肚子往里收了一下。 拉链拉好了，可是包裹在裙子里的肉不高兴了，向各个方向挤着扩展。唉，估计是最近心情不好，连我唯一有点自信的身材也开始走样了。镜子里的我睁着一双黄豆大小的眼睛，里面还有些血丝，大大的嘴巴没什么血色，只剩下一个圆圆的鼻子还算可爱。我索性一把脱下了裙子，套了件白色T恤和牛仔裤。我从来就不是什么美女，干吗现在却要在长相和穿着上计较，我整了整T恤，用凉水冲了下脸，又抓了抓头发，然后自信满满地出了门儿。

“白跃。”我刚走进饭店正四处张望，卓非凡老远就冲我挥手。卓非凡的身旁还坐着两男一女。我快步走到了他们面前。

“我给你介绍一下，这个是赵英雄，你应该听说过吧，可是中国最知名的摄影师啊，和我一起拍《高原》的。英雄，这是白跃，这个不用我给你详细介绍了吧，享誉京城的名门才女啊！”卓非凡指着自己座位左边的一个男人热情地给我介绍着。

“你好，早就听过你了，今天总算是见到了。”我笑着和赵英雄握了下手，虽然没见过，但是赵英雄的名字在当时的电影圈里已经是响当当的了。

“你好你好，我也是早就听说过你的。”赵英雄站起身来，略微弯着腰，脸上露出了谦逊的笑容和很深的皱纹。

赵英雄和卓非凡的感觉特别不一样，赵英雄的脸上刻着西北人特有的沧桑，和卓非凡的京味儿完全不同，不过我还是能从他深邃的眼睛里看到和卓非凡一样的对艺术的执着。

“这位是副导演小林，这位也是摄影师……”我坐在卓非凡右边的空位上，他一一给我介绍着，都是电影界的朋友。

“前些时候我才去看的《高原》，特别棒，也是那个时候才认识了非凡。”我隔着卓非凡和赵英雄说。

“《高原》在艺术表现手法上的确是有一些创新。”赵英雄说话很谦逊，嘴角微微向上翘着，带着一丝笑容。

“何止是有一些创新啊，我觉得简直就是电影风格和电影语言的一种新风向，那些铺张的视觉效果太令人震撼了！”我是个藏不住话的人，觉得好就都说出来了。

“是啊，经历了上一代导演反思文革的伤痕电影之后，该是我们这些在‘文革’中成长起来的一代塑造新的电影基调的时候了，我们应该以和以往都不同的视角来展现中国的历史文化，把中国的电影展现给世界。”卓非凡说话时的声音都不大，但是总透着特别坚定的语气。

和卓非凡的聚会，永远都是在谈论电影、谈论艺术，我觉得自己简直幸福极了。

卓非凡这么一个优秀的男人，就像是一杯烈酒一般摆在我面前，我不敢轻易触碰，但酒香却扑鼻而来，我仿佛感觉到了我的精神世界在强烈地抽搐、颤动，这是我回国后在别人那里从来没有感受过的，我似乎只有和这个男人在一起的时候，才能弄明白自己究竟想要什么，想干什么。

“我发现你好像对电影特别有研究，每次见到你听到你对电影的理解，总是会让我大吃一惊！”聚会完之后，卓非凡送我回家。

“那倒不敢当，只是我现在特别向往有艺术的生活，觉得搞艺术的人都特高尚、特伟大，像我们这样整天拿着合同到处跑的人都特别肤浅，所以就对艺术多留意了一点儿。”我和卓非凡说。

“哈哈哈！”卓非凡被我的奇谈怪论逗得哈哈大笑，“原来你这么可爱啊，那你是不是觉得我们做电影的也特别高尚、伟大？”

“那当然了！”我一本正经地和卓非凡说。

“我还不知道自己有这么大的魅力呢！”卓非凡被我弄得都不知道该说什么好，好不容易止住了笑，转移了个话题，“对了，今天怎么没带 Mike 一起过来？”

“我和他离婚了！”一晚上的高兴让我差点把这几天来最悲伤的事情给忘了。

“离婚了？ 前两天去片场的时候不是还好好的吗？”卓非凡惊讶地看着我。

“是啊，回来之后就离了！”我尽量平静地和卓非凡说着，但是语气中还是掩饰不住伤感。

“为什么？”卓非凡不解地问我。

“不知道，我觉得他不了解我，也或许是我从来都没有对家庭有过什么真实的概念吧！”我没有仔细地和卓非凡解释，我想连每天都和我混在一起的发小儿山子听到我的想法都理解不了，那还会有其他人能真正理解我吗？

“是不是因为你在国外待得太久了，很渴望在国内找到认同感，找到归属感，但是你觉得 Mike 给不了你！”卓非凡不假思索就说出了这番话。

“我以为没有人会理解我！”看着卓非凡的眼睛，我的影子居然很清晰地印在他的眸子里。

“其实我从见你的第一面起，就觉得你有一种特别的孤独感，虽然我知道你出生在一个庞大的家庭中。”我的心在怦怦跳，我内心的孤独感居然会停留在卓非凡的心里，我像有一种被他看穿的感觉。

“外婆的去世，父母的离婚，再加上在美国独自待了十多年，我没有真正感受过家庭带来的幸福，可能在精神上一直是孤独的。”我的声音很低，十几年前的时光仿佛又浮现出来，“我的父母一直想让我继承他们的事业，当一名外交官，但是我厌倦了那种在外面漂泊的感觉，始终不想按照他们给我铺好的生活轨道去过我的人生。所以，我现在特别想和中国文化靠上边儿，我觉得那才是我真正想要的生活。”

“我特别能理解你的感受！不要伤心，以后有什么事情就和我说，我不会再让你感觉到孤单的。”卓非凡温柔地看着我，好像邻家的大哥哥一样充满疼爱。卓非凡的眼睛并不大，但是特别聚光，亮闪闪的，很温暖，我感觉到心都要融化在那个眼神中了。

我们居然有共同的艺术追求，有共同的语言，甚至有能够相通的心灵，那一刻，我认定卓非凡总有一天会喜欢上我的，这个想法居然莫名其妙地就占据了我的整个脑袋。虽然和他的英俊相比，我并没有特别拿得出手的外貌，但是有前面三条就够了，我当时特别自信。

显然，那时候的我已经很有自知之明地把自己摆在了才女的位置上，并且在和卓非凡极其投缘的聊天中，自信地认为优秀的男人还是倾向于喜欢我这样的才女，只是对于我在文章一开头所总结的“在某个时候断定男人‘八成’就是爱上才女”的结论，我过于兴奋地把里面的“八成”换成了“十成”。

因为后来的经验还是让我渐渐地开始了解，男人对于美女在冲动过后，还是会有第二次的冲动；而对于才女，也不见得就在“八成”爱上你之后，不会减弱为“五成”。

所以，文章开头所做的结论只是我这个自诩为才女在特定时

间的独自臆想的结果，大家不必太较真儿。究竟男人是爱美女还是才女，我想，有这个时间去考证，倒不如回家读本书再多做一个面膜，管他究竟要爱哪一个！

零玖
当干柴遭遇烈火

我整天在专栏上讨论男人和女人的事情，免不了就有很多的朋友在酒桌上、饭桌上问我究竟什么样的男人和女人才能产生爱情。 我的爱情并不能算作是成功的范例，不过依我的经验来看，只有当干柴遇到了烈火，才能产生真正的爱情。

干柴从前也开过花、结过果，只是在寒冷的冬天被风抽干了最后一丝水分，苦苦地等待着要在第二年重生；烈火从前也历尽了燎原时的风驰电掣、荡气回肠，最后星星点点地散落在草原的边缘，等待着再次的燃烧。 如果在这个时候，干柴偶遇了烈火，他们便不同于一般意义上的相见，不早一步也不晚一步，也许是因为在绝望中的同病相怜，也许是因为等待重生中的志同道合，反正他们浩浩荡荡地燃烧起来了。这一刻就是男人和女人爱情来临的时候。

当然，这里还有一个问题，当你遇到干柴或者烈火时，这只是爱情产生的前提，你还得慎重考虑一下。因为如果只是单纯的燃烧，那么你们两个人充其量只限于相互吸引到欲火焚身，这样的瞬间更精准一些其实只是叫作做爱，很多时候它都与爱情无关；只有你们两个在燃烧之后还要等待共同的重生，那才能叫做爱情。

所以，每一场爱情都是一个巨大的赌注，但大多数人只会在爱情来临时奋不顾身地饱尝燃烧的快感，而不去考虑燃烧后真正的结果。

我不知道是幸运还是不幸运，在 40 岁之前就历经了三段婚姻、四段爱情。不管前一次是否受伤，每一次在遇到自己新的干柴或者烈火的时候，我其实根本不能像我写的那样去给这个爱情做个加减乘除的计算，我也只是喜欢在眩晕中尽情地享受爱情的滋味儿。

“白跃，你几点下班，晚上一起吃个饭吧！”自从那次参加完卓非凡和他朋友们的聚会后，卓非凡经常会约我一起吃饭，那时候他已经回北京做《知青教师》的后期制作了。

“我们7点还在老地方见吧！”我和卓非凡比较喜欢去我们公司附近的一家饭店，那里人少，比较安静，饭菜又是老北京的正宗菜品，很合我们的胃口。

7点钟，我准时到了饭店，卓非凡已经坐在那儿了。

“菜都点完了，都是你喜欢吃的，就等你了！”看来吃了几顿饭，卓非凡倒是很留意我的喜好，我心里美滋滋的，总感觉和卓非凡的关系好像也不只是朋友那么简单了。

“你后来还和Mike有联系吗？”卓非凡问我，自从我上次跟他说了和Mike离婚的事情之后，卓非凡看出了我情绪的变化，时不时就会问问我，看看我心情好点没。

“没联系啊，结束就是结束了，那段痛苦的时间也已经过去了，我也早就调整过来了。”我和卓非凡说，事实上也是这样，可能时间真的是一剂良药。

“那就好，我最近看你心情好多了！你现在还年轻，追求幸福还来得及！”我不知道卓非凡的这些话有没有一点暗示的意思，但即便是单纯的关心，我也已经很满足了。

“那你呢？”和卓非凡见了这么多次面，我对于卓非凡的家庭生活没有一点了解，我只是从山子那里对他的青年时期有一些了解。

“我什么？”卓非凡被我的问话弄得莫名其妙，其实我是想问他的幸福现在追求到没有，可还是有点不好意思问。

“哦，我是说你自己的幸福呢？”我害怕这个问题会让卓非凡看出我的心思，我尽量让自己显得自然一些。

“我和妻子也离婚不久。”卓非凡说。

“啊？ 不好意思！？”我心里动了一下，没想到天天安慰我的人居然也正在遭受感情的创伤，我竟然一点儿都没看出来，还整天拿自己的事情来烦他。

“没关系，可能是没有共同的追求吧，她对于我的电影事业总是不很理解，不像你！”

关于他的前妻，卓非凡没有再说下去，我也没问。 不过，我听到了他话里的“不像你”三个字，这在当时听起来要比Mike以前常常和我说的“我爱你”动听得多，我只顾沉浸在这样的高兴当中了，这个简单的对话成了我和他之间关于他的前妻的唯一一次对话。

“白跃，这么晚了，又要去哪儿疯啊？”我刚从院子里出来就碰到了山子。

“你怎么总是出现在我的眼睛里啊！”和山子说话，我已经习惯了这种口气。

“瞧你这没良心的，让我给你介绍和卓非凡认识的那会儿不是巴不得我一天上你们家四趟吗，怎么才过了几天就忘了呀！”山子总是拿这件事情和我说事儿。

“怎么能忘啊，我现在就是要和他们去聚会，怎么样，很给你面子吧，你介绍给我认识的人，我一定要和他保持持久的联系。”我和山子说。

“真行，你们认识了之后，就好像再没我什么事儿了。”山子向我抱怨道。

“今天不是艺术圈子里的人聚会嘛，等你啥时候也从政府办公室混进艺术圈儿，咱们就一起去。”

“看把你美的！ 人家可是离过婚的艺术家，你别生往上贴。”显然，山子把我对他的揶揄全部还给了我。

我一点儿都不介意，对于山子好不容易能在我面前翻个盘，我是很有大将风度的。关于山子的提醒我并没有放在心上，离婚对我来说并不能对任何事情产生阻碍，相反，“离婚”和“艺术家”这件事儿，当时对我来说好像正是我期盼的。

我拍了一下儿山子的脑袋，走出了院门儿。

这天的聚会照例是和卓非凡的一群朋友在一起，当中好多人也因为前几次的见面和我成了朋友。艺术圈子里的人总是比较前卫的，空闲的时候就会经常搞一些这样的Party来讨论艺术，联络感情，当然参加这样的Party对于我这个长年待在美国的人来说，也是驾轻就熟的事情了。我端着个酒杯飘荡在不同人的面前，时不时用我特有的幽默的方式来上几句，便能让一帮人哈哈大笑，所以卓非凡的很多朋友都特别喜欢和我聊天。

倒是卓非凡一个晚上都显得很安静，一个人坐在角落里喝酒。

“怎么不过去和大家聊天儿？”我走过来问卓非凡。

“最近弄《知青教师》的片子太累了，还没休息过来，这儿闹哄哄的，怪烦的！”卓非凡靠在桌子沿儿上，脸上有些憔悴，长长的胡子耷拉着，应该好几天都没剃了。

“那我们先走，出去透透气吧！”我和卓非凡说。

“这样好像不大好吧，大家都没走，肯定也不让我们先溜。”卓非凡看着我。

“没关系，我们就端着酒杯偷偷地走，他们还以为我们只是到院子里站会儿呢！”我一边和卓非凡说一边拉了他就往外面走。

果然，从屋子里出来的时候，没人怀疑我们要溜走，大家都还在尽情地喝着酒，聊着天儿，看着我们走过也都微笑着打招呼。

出了门儿，我们趁着大家不注意，闪进了树荫处，然后沿着墙角儿从院门儿溜了出来，手上还端着酒杯。出来以后，我看看卓非凡，他看看我，我们不由自主地哈哈大笑起来。

“好像好多年都没有这样的感觉了！”卓非凡说。

我的心像是被触动了一下儿，其实我也觉得是，好多年没有这种两个人在一起的快乐感觉了。

“我们去什刹海那儿走走吧，那里的空气可能要好一点。”我和卓非凡说。

“好啊！”卓非凡答应着，我这才意识到刚刚只顾拉着他往外溜，到现在还攥着他的手呢，我赶紧松了手，有点儿不好意思地低下了头。

我们一边端着酒杯喝着，一边往什刹海的方向走。已经是凌晨2点，街上安静得连车都没有了，偶尔有几个路人行色匆匆地从我们身边儿走过去。

我和卓非凡就这么默默地走着，谁也没说话，8月下旬的夜晚异常凉爽，时不时刮起的小风总是把在空气中充斥了一天的冰棍儿、棉花糖的味道吹进鼻子里，甜腻腻的。

卓非凡偷偷地把酒杯从右手换到了左手，这个小小的动作被我的余光扫进了眼里，我的心动了一下。

在黑暗中，我感觉到他的右手碰到了我的左手，不，只是右手的食指碰到了我的左手。我的心一下子紧了起来，手像是

触电一样，这种感觉立即从我的左手通过身体传到了右手，我的手心里渗出一层汗。像是当年的初恋一样，那时我只有17岁，也是从一次牵手开始的。

我正犹豫着要不要矜持一点把手拿开，卓非凡的手却又靠近了一点儿。这回他不再只是用指尖碰了碰我，而是牢牢地抓住了我的四个手指，把大拇指扣在了我的手背上。一双温暖的大手握住了我，我的手在他的手心里只占了很小一点儿地方。

我不敢说话，脚步也停了下来，卓非凡也没说话，我感觉整条街道就只剩下了我们两个人，空气紧张得像快要炸开一样。

在黑暗中，我体会着他的手温，慢慢地仿佛也感觉到了他全身的体温，我的脸开始泛红，脑子里却一片空白，不知道要怎么办。我想一直这么被握着，可是好像又太不矜持了。我的手开始用了点力，想往外抽，可是对方的手抓得更紧了。我索性要抬起头告诉他先把手松开，我的心脏几乎要停止跳动了，当然后面这句话不能说。我的头微微一抬，却发现自己的额头几乎触到了他的嘴唇，不，不是几乎，一定是已经触到了，触到了那柔软温暖的嘴唇。

听到了卓非凡的呼吸声，我的脸肯定红的跟桃子似的，后背上的汗毛都竖了起来。

卓非凡左手的酒杯掉在了地上，玻璃清脆地敲击着沥青地面，我一下子从这样暧昧的气氛中回过神儿来，想要抽离开卓非凡的呼吸区域。

但是卓非凡却用左手抬起了我的下巴，不由分说就把自己的嘴唇印在了我的唇上。 我还想说什么，但是已经没有了空隙。 我只觉得眼前有点眩晕，放弃了挣扎，端着酒杯的右手垂了下来，闭上了眼睛……

好像过了很久，卓非凡才离开。

我看着卓非凡充满温柔的眼睛，像是做梦一样。

“做我的女朋友吧？”卓非凡说。

我像是重新找回了初恋般的甜蜜。

爱情就仿若是干柴遇到烈火般，在我们两个人的身体内疯狂地滋长着。 面对这样突然的轰炸，我根本来不及体味这样的幸运怎么会发生在我的身上，也不想去考虑它究竟要爆发什么样的后果。 我一下子就扑到了这个诱人的过程中，迫不及待地想体验炙热燃烧的感觉，至于是否会因此化为灰烬，对于那时候的我来说根本不重要。

壹拾
这尊佛只敢请不敢送

在庞伟面前摆着的是我的第二本杂志的样本。

封面上的一大片儿以黑色为底，一个瘦小的女孩被包裹在一袭白色长裙中，裙子很窄，女孩挥舞着双手想要挣脱，透不过气来的压迫感让女孩的眼睛惊恐地睁着，仿若一个经历着战争的难民。

封面上写着大大的五个字“时尚和包袱”，故事的简介是这样的：我们经常骗自己，说打扮是为了我们自己，但几乎所有好看的东西都会不舒服地让我们喘不过气来；我们偶尔会承认一次自己的脸孔和身材不够理想，但之后就马上用无数的衣服、包包、鞋子和化妆品来掩盖这样的事实；我们用外在的东西不择手段地遮挡着自己的缺陷，这是不是很成问题！

杂志里的广告页上，大大地写着“我们的杂志是办给聪明的女人看的！”

“你确定你是在办一本时尚杂志吗？”庞伟看了我的杂志样本后，眼睛瞪得大大的。

“是啊，有什么问题吗？”我反问庞伟。

“我请问你，你的封面图片、封面故事、连杂志里的广告页上是不是都明明白白地写着‘喜欢时尚的人不要过来，那是包袱是负担，摆脱它吧，做个聪明的女人！’”庞伟提高了声调，一副不可理喻的样子。

“现在的时尚杂志有上千本儿，每本儿从五米之外看过去几乎都一样，要办一本新的杂志当然要追求创新，我们要有不一样的理念。”我挑战着庞伟的权威，但是明显不敢大声说话。庞伟虽然是个上海男人，但是早就摒弃了上海男人细腻缠绵的本性，换上了北方人一副“混不论”的性格。我平时也是一个很能说很爱说的人，但是只要一见到庞伟在杂志的问题上发火儿，我准歇菜。

“我赞成有创新、有不一样的观念，但是你的杂志上所有的内容都只打上了你个人的标签。你是这样想的，你就那样写了。可是你有没有想过，你是不是要你的时尚的读者都不要时尚，都去当思想家、艺术家？而真正是思想家、艺术家的读者又有多少人要在你的时尚杂志上看到他们想看的文章？”庞伟差一点就要跳到桌子上和我讲话了，如果不是我办公室的桌子比较高的话。

“你要在所谓的艺术和商业之间寻找到一个平衡点！把你的艺术思想放在你的杂志上，我告诉你，你一本儿都别想卖出去。”庞伟根本不想听我的解释，继续说。

庞伟说的似乎很有道理，虽然我不想这么快承认。这个样本是我花了一个多月的时间才定下来的，怎么能这么快就被推翻呢。只是找到所谓的艺术和商业的平衡点似乎没那么简单，以前卓非凡在拍电影的时候也曾经在这样的问题中苦苦地挣扎过。

“白跃，我想去美国。”一天，我和卓非凡吃完饭正走着，他突然和我说。

经过了什刹海的那天晚上，这时候的我和卓非凡已经开始轰轰烈烈地恋爱了。

“怎么突然想去美国？”我问卓非凡。

“其实这件事情我已经想了很久了，也一直在做准备。”卓非凡的声音很沉，我能听得出他心情很低落，“我想去国外走走，去看看。这些年我也做了几部电影，一直在电影上尝试创新，在大量的电影中运用了一些儿歌、传说、古谚、民谣等元素，淡化剧情冲突和故事情节，想用象征文化的符号更多地传递出电影难以全部承载的言外之意。”

“这不是很欧化的电影表达方式吗？我在美国的时候看了不少美国和欧洲的电影，类似于这样的表现形式已经在他们的电影中有过了。”我打断卓非凡的话说。

“对，但是现实的状况似乎没有我想象中的那么理想。我不太确定是观众的欣赏习惯不同，还是这样的表达让电影结构不够顺畅，我总是觉得在电影当中还留有很多遗憾，这也是我内心特别矛盾的地方，我想要到国外去看看、去学习一下。”卓非凡说。

其实，当时的我已经觉察到了卓非凡的苦恼。从《高原》以

来，卓非凡就已经成为了中国电影的领军人物，但是他的电影几乎都是在艺术上占了先锋，却在票房上得不到很好的回报。 前不久拍摄的《知青教师》，在专家给予艺术上阳春白雪的评价之后，却在全国连一个拷贝都没有。 我虽然没和卓非凡讨论过这件事情，但是我能看出来他内心的矛盾。

卓非凡并没有明确地说出在他的电影中艺术与票房的不平衡，但我想他一定比我能更深刻地感知到这一点，然而对于一个执着于追求艺术、在艺术上精益求精的人来说，他似乎并不愿意承认这一点。

“恩，是应该到外面看看，我在美国待了很多年，确实感觉到他们有些东西是我们没有的，起码现在还没有，我支持你！”这个时候根本不需要我再多说什么，对他的支持应该是他最想得到的答案。

“白跃，白跃？ 你到底有没有在听我说啊！”庞伟的声音比刚才还大，他发表一番高谈阔论的时候，我却走神儿了，都是他最近那个专栏闹的，十几年以前的事情最近总是频繁地出现在我的脑子里。

“我听到了，庞老师，我不是在想你的话嘛！”这个庞伟总是在他占有优势的专业里居高临下地压制我。

“太自恋的人是不适合办杂志的！”庞伟给我丢下一句话，走了。

自从我办杂志开始，庞伟就成了我的顾问，但他的话几乎都是批评。不过我总是在一头雾水的时候能在他严厉的批评里找到一把钥匙，所以对于这尊佛，我是只敢请不敢送。今天也照旧，我打算好好地在办公室里研究一下庞伟刚才的话。

壹拾壹

爱情需要考验吗

我的闺密林小米的丈夫是个赫赫有名的大学教授，但教授的学校不在北京，所以教授和林小米总是长期分居两地，教授最多也就一个月能回来一次。

对于林小米能和教授维持这样长时间两地分居的婚姻，我时常都会感到纳闷，忍不住的时候，我就问她：“难道你就不怕两地分居的时间长了婚姻会出现什么问题？ 你出轨？ 或者你的教授老公出轨？”

林小米总是严肃地回答：“这不正是考验爱情的时候嘛，两地分居而又不出事情，才能验证出我们之间是真爱啊！”

林小米是个极其聪明的丫头，可在这点上我极度不认同她的观点。

我特别怕人家说什么什么东西是对爱情的考验。我觉得爱情是一个很好的东西，一考验不就给烤糊了吗？烤糊了，就不好玩了，你为什么要考验它呢？你非要把很好的一件事情放在一个很艰难的环境里，它肯定会崩溃的。真要等到你或者他出轨了，就不能挽救了。

所以，我从来都不这么干！

1988 年，卓非凡通过了在美国的一个亚洲基金会和纽约大学的邀请，成功地取得了赴美访问的机会。

“白跃，美国那边送来邀请函了，我这两天就能过去了！”卓非凡兴奋地跟我说。

“好啊，好啊！”我很替他开心，这是他和美国那边争取了大半年才得到的机会。

“不知道我得走多长时间，把你一个人扔在这里。”卓非凡抱着我，很舍不得。

“没关系，你去安心地学你的，我有时间就去美国看你。”其实，当时卓非凡告诉我他能去美国的时候，我就已经打算好了，和公司申请一个在美国的项目去做，实在不行，我就时不时地飞过去一趟，去美国我可是熟门熟路。

卓非凡在我的小圆鼻子上刮了一下：“好！我在美国等你！”

我开始忙前忙后地给他收拾行李。

“赵英雄？”卓非凡刚去美国没多久，我居然在北京街头遇到了赵英雄。

“哎，白跃，这么巧，在这儿遇见你！”赵英雄也认出了我。

“我还以为我认错人了，你最近都在北京啊？”我知道赵英雄平时不拍戏的时候，基本上都待在长安电影厂的。

“最近在给《酒坊》配英文字幕，所以得来北京一趟，也是昨天才到的。”赵英雄说。

“哦，我听非凡说了，你也在拍电影了，这么快就拍完了？在北京有地方住吗？”我问赵英雄。

“嗯，也不快，拍了一阵子了，总要自己出来拍的。我昨天才到，暂时住旅馆，还没来得及找房子呢！”赵英雄笑笑，一脸憨厚的样子。

“那去我们家的四合院先住着呗，那里正好有空房子。”我和赵英雄说。

“那怎么好意思啊！”赵英雄很不好意思。自从通过卓非凡认识赵英雄之后，我们也见过很多次面了，不过他这个人对什么事情都是谨谨慎慎的，做什么事情都很低调，生怕麻烦到人家。

“有什么不好意思的，和我还这么客气！”我说完就带着赵英雄到了我们家的四合院儿，“院子里现在就我妈妈和我两个人住。”

赵英雄特别不好意思地一个劲儿感谢我，感谢我妈妈，说给我们添了好多麻烦。

在卓非凡去了美国将近半年的时候，我向公司递交的去美国

做项目的申请也批下来了。

“妈，过两天我去美国了，公司在那边有项目要做。”我接到公司的通知后和我妈妈说。

“你不是想在国内长住一段时间嘛，怎么这次又答应公司要出去了？”从美国回来后，我就和妈妈一直念叨着要在国内陪她住着，暂时不想出国了。

“那公司的工作有时候也不能都由着您闺女呀！”我搂着妈妈的脖子，没告诉她我和卓非凡的事情。

“看来我闺女也有要受委屈的时候？”在我妈看来我就是那种不论在哪儿都从来不让自己受委屈、随性生活的人。

“是呀，所以妈妈得多疼我！”在妈妈面前我总还是像个小孩儿，虽然我已经经历过一次婚姻。

妈妈把我抱在怀里，轻轻地拍着我的脑袋。这样的时光让我想起了我的外婆，那个童年记忆最深处的影子。小时候只要我受了委屈，外婆就会把我抱在怀里，然后摸着我的头安慰我：“妞妞别哭，有外婆在，没人敢欺负你。”我感受着妈妈的抚摸，突然觉得好像很多年过去了，她也老了。

我拎着行李到美国的时候，卓非凡已经在机场等我了。

“白跃、白跃！”卓非凡穿着黑色的皮夹克和牛仔裤踮着脚向我挥手，在一帮金发碧眼的人里，卓非凡浓密的黑头发和黑胡子特别扎眼。

我拖着个大箱子快步跑到了他跟前，卓非凡接过我手里的箱子，还不忘在我的脸上亲了一下。

“来美国半年，你都有了美国艺术家的气质了！”我笑着和卓非凡说。

“你又在取笑我了，我这不是要入乡随俗嘛！”卓非凡有点不好意思，低着头的样子很是可爱。

“这位是？ 你也不给我介绍一下啊，非凡！”在卓非凡身边还站着一个中国人，看样子应该是和他一起来的。

“哎哟，都是被你说的，我连这个都忘了。”卓非凡一拍脑袋，“这位是魏忠国，长安电影制片厂的厂长，他这次也是来美国访问的。 这个就是白跃，我女朋友。”

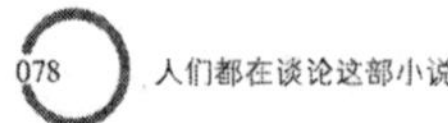

“您好，您好！”我打量着魏忠国，一张阔脸盘上镶着一双笑眯眯的眼睛，年纪比卓非凡要大不少，很是和蔼可亲。

“他可是我们这些新一代导演的恩师，要不是他在背后的大力支持，我们也不可能拍出这些个电影。”卓非凡和我说。

“我也早听非凡说过您，您给他们拍电影提供了不少的帮助。”我和魏忠国说。

“我不过是利用手中的权力给这些年轻的导演谋了点儿‘福利’，多给了他们些支持而已，不值得一提的。要是年轻导演都像非凡他们这么出息，我也能跟着沾不少光呢！”魏忠国边笑边说，我们三个人一起走出了机场。

因为我及时追随卓非凡到了美国，所以我和卓非凡谈恋爱的经历大部分都是在美国完成的。到现在想起来，我都觉得自己当时的选择很正确，因为从后来的事情发展来看，如果我选择分居两地来考验爱情的话，那么我和他的这段爱情可能连拥有的机会都没有了。

壹拾贰

有一天你的另一半不再想见你的朋友

昨天下午，照旧是我和林小米，还有陈安妮在家里聚会的日子。米丫头的教授老公好不容易回一次北京，在我家里听着我们三个女人乱侃一气。教授在一旁基本不插话，总是笑眯眯地看着我们三个在那儿疯，只有当我们聊到他的时候，他才会插一句话，但每每都是特别的严肃高深，很符合教授的气质，这更惹得我们三个哈哈大笑，一起嘲笑林小米的教育水平实在是高，可教授从不生气，对于我们的胡闹基本采取全部容忍的态度。而周景天，虽然和我在一起的时候是个话唠，可是在我们的聚会上他基本也属于那种半天不说一句话的主儿，只在一旁乐呵呵地负责给大家斟茶递水、切切水果。我们五个人就这样其乐融融。

我想，如果有一天，我们的聚会中不再有教授或者周景天，那么过不了多久米丫头和教授，或者我和景天的感情一定就会出现问题。

“为什么？”你一定会问。

因为，如果有一天，你的另一半不再想认识你的朋友，不再快乐地试图融入你的圈子，找各种借口拒绝参加你和朋友的聚会，那这一定不是一个好的信号。 你不要在爱情的高温里把这样的细节忽略掉。

因为如果有一天，你的男人爱上你，他会因为爱屋及乌，喜爱上你的朋友，喜爱上和朋友在一起时高兴的你，喜爱上和你的朋友去交流；但当有那么一天，他厌烦了你的朋友，厌烦了再融入你的朋友圈子，那么他离厌烦你的时候可能也就不远了。

当然，这里没有一个定论，或许他只是单纯地厌烦这样的聚会，但是我想你有所察觉、有所防备、有所解决总是没什么不好的。

到了美国，我就搬到了当时卓非凡住的房子里。

卓非凡特别喜欢一个人坐在那儿琢磨电影，一琢磨就是半天，都不说一句话。那时候在我们住的公寓门前，人们常常可以看到一个高大的东方男人抱着一本书在台阶上出神地坐着，神情严肃，那就是卓非凡在那里研究电影呢。

“你不要老是这么坐着呀，让外国人看了，还以为咱中国人都是这么深沉，整天就喜欢发呆呢！”看着卓非凡坐在那儿的认真样，我就老是忍不住想要过去打扰他。

卓非凡总是喜欢拍拍我圆圆的脑袋，让我安静地待在一边儿。

其实，真正和卓非凡待在一起，我才发现电影不是像我想象中的那么好玩，很多时候只是枯燥地思考。

“非凡，晚上我有个朋友搞了一个聚会，你去吗？”我蹲在一边儿问卓非凡。

我当时在美国的朋友很多，除了公司里的同事，还有很多和我从小一起长大的美国人，但是他们当中很少有人是从事艺术创作的，所以我们在一起很少谈论电影。

“我还是不去了吧，你们谈论的事情我也听不懂，去了又是干坐着。”我邀请过卓非凡好多次去参加我的朋友聚会，但是他去了一两次之后就再也没去过。我觉得他是在找理由不去，他在排斥我的朋友，我刚认识他的那会儿他还不是经常和国内那些电影界的人士搞派对，我当时就觉得他们这些艺术家很前卫的，但是来了美国后，只要是我的朋友聚会，他就会一概拒绝，我刚才还好好的心情被他的话冲淡了不少。

“我们又没说什么深奥的话，不就是瞎聊吗，有什么听不懂的，你的英文水平和他们进行交流已经没问题了。”我丢给卓非凡一句话，转身进了屋，他也没再说什么。

卓非凡自己待在美国的大半年里，几乎都在华人圈子里混。中国人也爱热闹，当时在美国的一些华人艺术家知道卓非凡去了美国，都特别热情地和他打成了一片。当然，他和朋友聚会的时候我只要有空就会去，也很能和大家聊在一起，所以对他拒绝和我的朋友交流，我当时心里已经有些介意了。

不过当时我和他正爱得火热，对于这样的小事情，过去之后我就不会放在心上了。我想他一定是不太习惯我的那些美国朋友，所以也没强求。

那时候的我跟大多数热恋中的女人一样，智商几乎为零，从来不会考虑到爱情以外的东西，而现实生活告诉我们，理智大多数时候并不是爱情的一盆凉水，而是一剂良药，所谓良药苦口嘛，也是在这个时候才能体会到的。卓非凡拒绝和我的朋友聚在一起，其实那个时候对我们的爱情而言已经是一个不好的信号了，只是我压根没有注意到。

壹拾叁

也公示一下我们的结婚通知书

前不久，杂志社收到了一个女孩儿的来信，说自己和相恋了五年的男朋友要在香港登记结婚，却被婚姻登记官给阻止了。

按照香港的规定，情侣要结婚首先得一起向婚姻登记处提出申请，然后其中一方签署拟结婚通知书，登记处、婚姻登记事务及记录办事处再将通知书公开展示 15 天，其间若有人书面反对，并被婚姻登记官判决反对有效的话，新人的婚姻很可能就就此取消了。

来信的女孩儿就是这样，在公示期间，他的父亲强烈反对这门婚事，并向法院列举了他表示反对的 15 条理由。 女孩儿现在很痛苦，她不知道是要换个地方继续和男孩儿结婚，还是为了这个公示就结束五年的感情。

我不了解女孩的男友，没办法给她一个明确的答案，但是能让父亲举出 15 条理由来反对，我倒是很想见见这个男孩儿。

我现在也把握不准女孩要是真的不结婚，是幸福还是不幸，不过我觉得香港的这个规定倒很人性化。 毕竟结婚不论对男方还是女方来说，都是件大事儿，三思而后行没什么不好，只是很多人在结婚前都只生活在冲动中，还没考虑清楚就坚决地认为自己和对方谁缺了谁这个世界就不再转动了。 然后两个人终于貌似幸福地结合在一起了，大家就看着两个人在未来的几年里，愣把一桩好事活脱脱地变成了一件给社会增加离婚率的坏事。

但有了这个公示就好了，起码是一个缓冲，爸爸妈妈兄弟姐妹只要够资格的，都得帮着你参谋参谋，反正你的亲人终究是为了你好，如果四个家人中有三个表示反对，我看你这婚姻确实也好不到哪里去。 虽说婚姻就像鞋子，只有穿在自己的脚上才知道什么感觉，但不也还有句话嘛，叫“当局者迷，旁观者清”。

我现在就特后悔自己结了几次婚都在美国，程序过于简单，要不，我也不会在40岁前就打破了老爸的纪录，像就义一般地完成了三次婚姻。

“今天基金会通知我，我在美国访问的时间到了，他们说我没有新的邀请函就必须得回去了。”我下班进门的时候已经8点多了，屋里没开灯，黑暗中突然传来的卓非凡的声音把我吓了一跳。

我打开客厅里的台灯，卓非凡一个人窝在沙发上，头发乱蓬蓬地四处炸着，满脸阴沉，看来应该是在沙发上窝了很久了。

卓非凡在纽约大学的访问时间在邀请函上就写着一年，再申请新的邀请函不知道还能不能申请到，即使能申请到，中间也得耽误一年的时间，除非有美国绿卡，不用邀请函也能继续在美国待着。

“那你打算怎么办？”我问卓非凡。

“我现在也拿不准。”卓非凡满脸的愁容。

当时的纽约，好莱坞还是相当主流的，不像后来吸收了好多外国元素。在美国的这一年，卓非凡几乎和好莱坞的主流电影人没有任何接触，虽然他那个时候在中国毫无疑问是主流的电影导演，但是却融不到美国主流的电影环境中去，这是他在美国待着的这一年除了学习之外，感到最为困惑的事情。他没有接触美国电影最顶尖的好莱坞，那现在回到国内和一年前出来就不会有多大的区别。

“那你打算回国之后还拍电影吗？”我问他。

“当然了，我出来就是为了在美国学习电影的。”卓非凡被我问的有点纳闷。

“那你觉得你现在在美国学到的够吗？”我继续问。

“还不够，我现在也就是半瓶子醋晃荡的水平，还没有把真正精华的东西学到。”

我没接他的话，在脑子里飞快地权衡了一下，然后说：“那我们结婚吧，那样你能拿到绿卡，就能留下来继续学习！”我的语气很坚定。

卓非凡应该没想到我问了一连串奇怪的问题后，会突然说出这样的想法儿，他揉着乱蓬蓬的头发看着我，一时不知道该

说什么。

那个时候，虽然我和卓非凡谈恋爱的时间也有两年了，可我们从来没提到过结婚的事情。但是现在对于卓非凡来说，最重要的就是他的电影事业了，他花了那么多心血在上面，我不能就这么看着不管，让他的心思白花了，所以我一下子就想到了结婚的方法。

“这样太委屈你了，并且……”卓非凡吞吞吐吐地没说出来。

“并且什么？”我问卓非凡，“你是不是不想和我结婚？”其他的事情我都无所谓，我就是担心卓非凡从来都没想过要和我结婚。

“那倒不是。我只是觉得这样别人会说我是靠你，我一个大老爷们儿……”别看卓非凡平时对任何事情和任何人都很客气，但是在他的内心深处隐藏着的是他强烈的自尊，他心里有一块儿特别骄傲的地方，是永远都不允许被别人破坏的。

“如果你爱我，什么时候结婚对于你和我来说都一样，不存在你靠不靠我的问题。我现在想结婚了，我就想问问你愿不愿意娶我？”我看着卓非凡。我一点儿都不想让他失去男人的自尊，但我更不想让他失去自己心爱的事业。

卓非凡从沙发上站起来，一下子把我搂进了怀里，不知道是感动还是感慨。

“愿意！”他的头在我的肩头重重地点了一下。

这是我的第二次婚姻，我觉得有必要和妈妈说一声。

隔天，我就和公司请了假，飞回了北京。

“妈，我回来了！”我进门儿的时候，妈妈正坐在椅子上看书。

“吆，怎么突然就回来了，也没说一声儿。”妈妈放下书，站起来给了我一个拥抱。

我把行李放下，说：“妈，我回来是有一件事儿要告诉你。”

“我就知道，我的闺女从来也不会和我商量什么事情，只会通知我。”对于任何事情我都自己做主，妈妈似乎已经习惯了。

“妈，我要结婚！”我和妈妈说。

“对方是什么人？”妈妈的脸上没有表现出高兴还是生气，平和地问我。

“是个导演，叫卓非凡。”在此之前，妈妈并不知道我在和他谈恋爱。

“如果你现在还是在问我的意见的话，我告诉你我不同意。”妈妈直截了当地告诉了我答案，没有半点迂回。

“为什么？ 你没见过他，也没接触过他，怎么就不同意啊？”我好像做哪个决定，妈妈都没那么容易同意。

“他是导演，是娱乐圈的人。 那个圈子多乱，有多少美女整天围绕在他周围，你不怕？ 你觉得自己的魅力一定会让他爱你一辈子？”妈妈对我说话一点也不客气。

“妈，现在的感情不是光拿美和丑来衡量的，我有自己的优势长处，你怎么就看不到呢？”我都不知道面前这个人究竟是不是我的妈妈，对我没有半点儿信心。

“我不是看不到你的优点，你有很多长处，你完全可以得到很多人的爱慕，但是我告诉你，他和你不合适。”妈妈和我一样固执，她看准的事情就是不会改。

“妈，你怎么这么不讲理。”我几乎要冲妈妈喊了起来，“对一个从来没有见过的人，你不可以这么随意地下结论。”

“上次你和 Mike 的婚姻我就告诫过你，你们不合适，可你不信，后来怎么样，还不是离婚。现在，我再告诉你一遍，你们不合适。”

“可上次是上次，这次是这次，上次是一个外国人，这次还是一个中国人呢，那能一样嘛。为什么我做的每一个决定你都不同意。”我一气之下，推开门儿走了出去，只留下妈妈一个人在屋子里。

我知道妈妈的脾气很犟，我再跟她吵下去只会弄得更不可开胶，妈妈认准的事情就不会改。当初和爸爸离婚的时候，她就是认准了自己觉得生活不能再那么过了，才果断地要结束婚姻，结果后来妈妈再遇到继父后，生活确实过得很开心。

“山子，山子！”我气冲冲地敲开了山子家的门儿。

出来开门儿的是山子的妈妈：“吆，白跃回来了，山子在家呢，你进去吧。”

“阿姨好！”我对自己的大嗓门儿有点不好意思，和阿姨打了声招呼进屋去找山子。

“我要和卓非凡结婚，我妈不同意。”我进门儿的时候，山子正在家里看电视，我一把就把电视给关了，冲着他说。

“什么？”山子还没反应过来。

“我说我要和卓非凡结婚，我妈不同意。”我又重复了一遍。

“我也不同意！”山子抢过遥控器，重新把电视打开。

“为什么？ 我妈是不了解他，你可是他的哥们，你怎么也不同意？”我干脆坐在山子的对面，把电视挡了个正着。

“正因为他是我的哥们儿，我了解他，所以才更不同意。”山子从半躺的姿势盘腿坐了起来，严肃地和我说。

“为什么？”我还是不明白。

“因为不般配，你将来肯定要后悔。”山子说。

“你也觉得我长得不好看，配不上他是吗？”我生气地和山子说。

“我是为你好！”山子的话软了下来，“你应该找一个门当户对的，适合你的人，不是要找一个你崇拜的人，你那么聪明，怎么一遇到感情的问题就犯傻呢！”

“你们都对我有偏见，觉得我就是配不上他，这婚我还偏偏就结给你们看。”

对于山子后来的话，我压根没听进去。

重新走回家，妈妈还在屋子里生气，我也没说什么。在家待了一天，我就返回了美国，我已经决定的事情，谁也改不了，况且这次的婚姻头一次让我感受到了爱情，我不会那么轻易放弃的。

我和卓非凡的结婚过程很简单，我们跑到纽约市政，一个德国小朋友给我们做了证人，然后我们的婚就结完了。登记的那天晚上，我还要请公司的客户吃饭，卓非凡自己也有事

情，我们连个像样的饭都没在一起吃一顿庆祝一下，就草草地完成了我们的人生大事。 那时候我并没有多想，心里只是充满了一份结婚的喜悦和帮助卓非凡的满足感。

不过这事儿我到现在了才琢磨出不对劲儿来，这么简单的结婚，只有一个好处，就是让离婚相应变得也简单。 当时我没想到，不过现在偶尔想起来倒是弄得心里挺不是滋味儿的。

壹拾肆

丑女心结

“趺，这是 LV 今夏的新款，你也拾掇拾掇，出门儿去人家谁知道你出版的是时尚杂志啊！”小蒙扔给我两件裙子和两件衬衫，只看牌子和数量我就知道它们价格不菲。

小蒙是我这儿的主编，刚刚从法国参加 LV 新一季的新品发布会回来，她总是会打我一个巴掌后再扔给我一颗糖，弄得我每次都得要用压住满腔怒火的笑脸迎接她的一顿臭骂。

“多谢蒙蒙！”我掐掉手里的烟，拿着衣服在身上比划起来。

其实我特别不喜欢穿名牌，也不会去理会什么衣服好看什么衣服不好看，我觉得穿在我身上只要舒服就好了，再好看的衣服估计也不会把我打扮成什么天仙。 蒙蒙说这都是我隐藏在内心的严重的丑女心结给闹的。

后来我想了想，自己还真有。 从小到大在我还不能特别明显地分辨美和丑的时候，就经常被别人拿着和漂亮的妈妈做比较，那时候我特别讨厌妈妈，因为人家都说我不像她的女儿，她那么漂亮，怎么能生下我，好像一副爹不疼娘不爱的样子，所以我整天怪妈妈为什么不把我生得漂亮点儿。

不过长大以后，我就再没有埋怨过了。 我经常摆出一副“我丑我怕谁”的“混不论”架势，爱咋咋地，所以，我从来都对化妆、穿名牌这些“伪装”的行为嗤之以鼻，别看我整天在时尚杂志上蛊惑大家“拜金”，其实我本人特崇尚自然美。

看到这儿的时尚读者也别拿板砖来拍我，我这主题不就说的是“丑女心结”嘛，要不是“丑女”，我估计也是一爱美人士，所以你们自个儿还是该怎么捯饬怎么捯饬。 不过你别说，自打我有了这个“混不论”的姿态后，越来越多的人说我有魅力，什么眼睛小小的但却很有神、很智慧，鼻子圆圆的但却很可爱，身材不瘦小，但是却匀称得恰到好处等等，弄得我一时都不知道说什么好。

然后我就回家猛照镜子，发现自信聪明的丑女有的时候还是可以漂亮的。

和卓非凡结婚，一直是让我觉得挺牛的一件事。卓非凡当时在国内绝对能算得上是一个气宇轩昂的艺术家，能嫁这么个艺术家，我每天就算是只跟在他屁股后面走路，也觉得自己婀娜了不少，所以暂时把自己原本是个丑女的事儿给忘了，整天也像模像样地把自己安放在艺术家妻子的位子上。

那时候在美国待着的中国艺术家很多，他们大部分都是卓非凡的朋友，这正合我当时狂热地要和艺术沾点儿边的胃口，大家有事没事总喜欢聚在一起聊天儿。

有一天，我和卓非凡还有魏忠国一起到住在纽约的台湾导演顾子青家里玩，进门儿的时候，顾子青就已经给我们沏好了茶，是上好的铁观音，在美国待了这么长时间，好久没喝到中国茶了，屋子里一阵清香扑鼻而来。我们几个人围坐在茶几旁，边喝边聊。

“最近来美国混的中国演员还真不少，前两天还有个女演员问我说看看能不能上我的新戏。”顾导演说。

“谁呀？”卓非凡问道。

“叫王一茗，你认识吗？”顾导说。

“好像没什么印象，反正我是没合作过。”卓非凡答道。

“什么，王一茗说要上你的电影？”正坐在沙发上啃苹果的我，音调瞬时提高了几倍，嘴巴停止了咀嚼，尽量清晰地冒出了这句话，末了还把小眼睛瞪得圆圆的。

这个王一茗不是别人，正是我的继母。

我在美国上完中学后就先回国了，那时候外婆早已经去世，我妈又被隔离审查，我就只好跟着爸爸一起过。和爸爸一块儿生活倒没什么不好，只是爸爸家里还有一个继母，就是王一茗，这点让我很不乐意。我这个继母漂亮的跟个妖精似的，就那还整天涂脂抹粉，生怕亏待了自己那张脸，我特别不喜欢她，估计她也看不上我。这可不是我瞎想，有例为证。每次吃饭的时候，她总是以极其温柔的声音在我爸爸面前关心我说：“你长得真不好，现在出身又成了问题，还读什么书啊，你以为还能跟你爸似的读成个教授。阿姨劝你还是赶快嫁人吧，也别管男的长得好不好，只要有北京户口就行了。”完了还要再补充一句，“阿姨这都是为你好！”

我不爱记仇，但是跟这个王一茗的仇我是一辈子要记的。还好，后来没多久，这个狐狸精就离开了我爸，没想到现在混到纽约来了，还要拍电影，原本被我束之高阁的丑女心结因她又顿时被捡了回来。

“你认识她啊？”顾导问我。

哈哈，机会来了，我使了个劲儿把嘴巴里的苹果吞到了肚子里说：“哎呀，你不知道啊，这个人以前在国内拍《三姐妹》，她就是三姐妹里面的一个，人长得还凑合能看，但前提是在化着妆的时候，她见你的时候化着浓妆吧，那就对了，卸了妆不能说跟菜地里的歪葫芦瓜一样吧，那也和真人完全不一样。这还不是最打紧的，反正拍电影的时候也是要化妆，关键是这女人的人品问题，走到哪个剧组都没办法和大家打成一片。还不是个腕儿呢，就拿明星的标准要求自己了，助理一下配好几个，走到哪都得人伺候着，一人端水，一人扇扇，还得弄一人捶腿，你说这在剧组谁能忍受的了，但是你要是说说她吧，她还来劲，不是当什么都没听见，就是在戏里和你公报私仇，搅得一个剧组都没法儿拍……”我一口气没停地足足骂了半个小时，顾导演、卓非凡、魏忠国三个人都听傻了，觉得我跟说相声似的。骂完了，我端起茶几上的杯子喝了口水，看着他们三个，心想，王一茗，这下你完蛋了。

果然，顾导大惊失色：“还好我没答应，这人用不得。”

卓非凡转身看着我：“你怎么跟这人这么熟啊，我都没听你说过。”

我一人坐沙发上，根本没来得及搭理卓非凡的问话，心里一个劲儿地在那儿乐啊！

这是我觉得和卓非凡结婚后最得意的一件事，直到现在也是，好好地让我这个有丑女心结的人泄了回私愤。

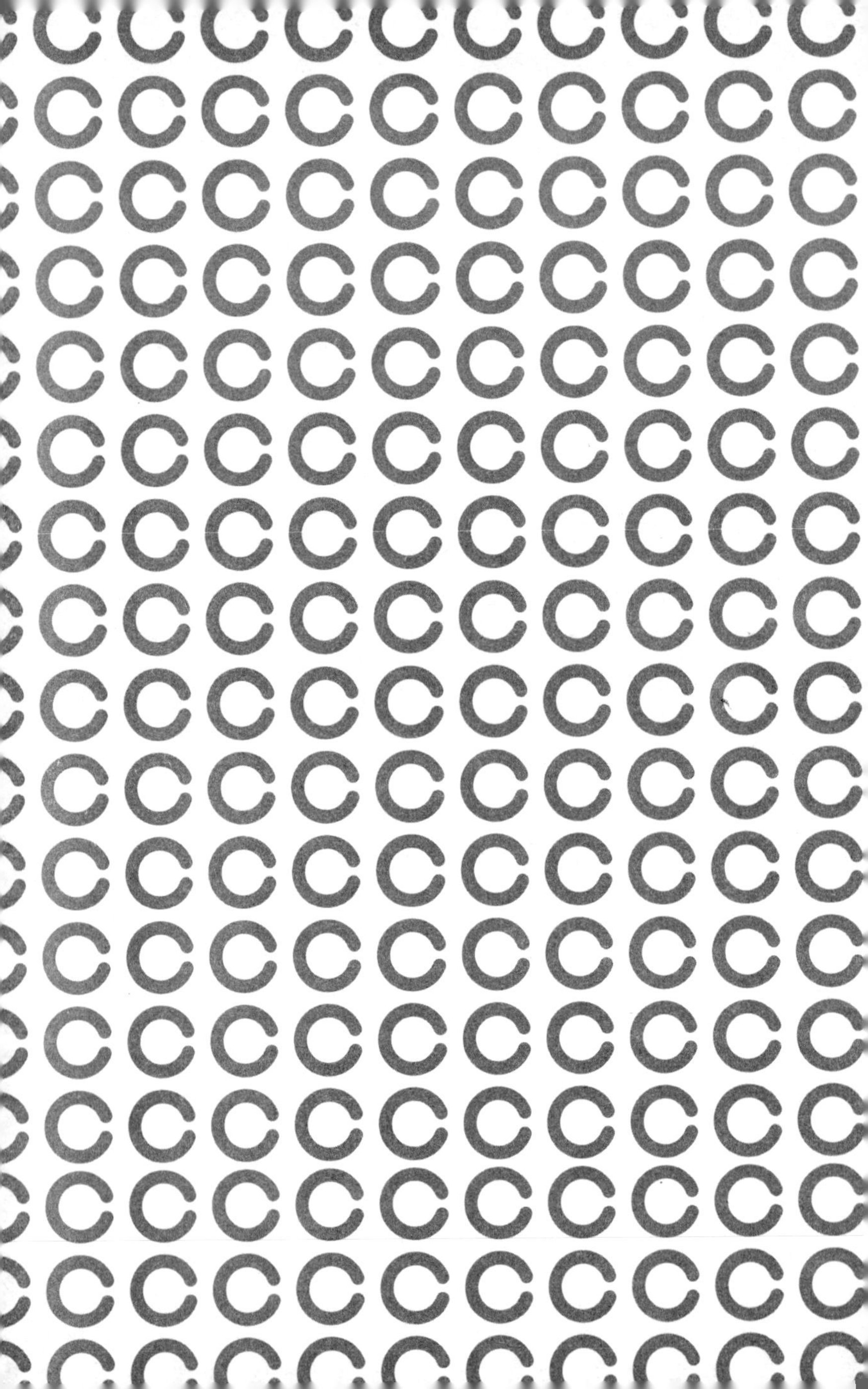

壹拾伍
婚姻一场是自己与自己的恋爱

这些天，老有人问我：“跃姐，你说婚姻到底是什么？”都是庞伟让我写这个专栏给闹的，别人还真以为我是两性专家了，弄得我都快把自己的本职工作给忘了。

什么是婚姻，我也不明白，明白了我也不至于要去尝试三次啊。

但是尝试得多了总归是有些了解的，我在这么多次的体验中总结出的结论是：婚姻其实就是一场自己与自己的恋爱。

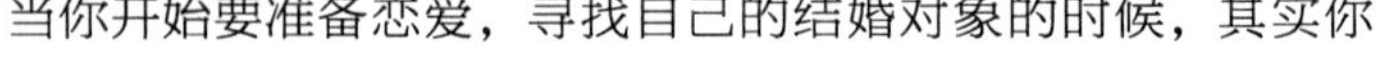
当你开始要准备恋爱，寻找自己的结婚对象的时候，其实你

在心里已经给自己画了一个人出来。或者是浓眉大眼的小帅哥；或者是学富五车的大教授；或者是钱袋子满满的生意精；又或者是浪漫优雅的艺术家。反正，你就是已经给自己刻出了个模子，然后就拿着这个模子在认识或不认识的人中间一通乱套。有一天，有个人恰巧能正正好好地被你搁在模子里了，那你自己以为结婚的对象就找到了；如果实在搁不进去，被你修修剪剪之后也能差不多能塞进去的，你也觉得这对象也就八九不离十了。

这个说明了什么，说明你爱的其实是你自己，是你自己心里想要的东西，所以在以后的婚姻生活里，你就是自己和这个你选择的自己在谈恋爱，你的婚姻只是你自己理想中的婚姻。

可是突然有一天，你发现千挑万选的这个人正在一步步从模子里走出来，他不再愿意待在你给他设置好的狭小空间里了，他觉得在里面待着太憋屈了，那哪是他自己，他忍受不了了，他要走出那个模子开始新的生活。

这个时候，就轮到你开始郁闷了。你不能忍受他的新习惯，吃饭时爱说话、睡觉爱打鼾、不爱洗脚等等，这些在恋爱中都被你控制在模子里没看出来。你一忍再忍，直到觉得事情已经无法挽回，于是你下了决心要离婚，没办法和这样的

“陌生人”生活在一起，然后，你们的婚姻就结束了。

你沉浸在痛苦中，每天到处和别人感叹你失去的爱情。

别人问你：“你留恋你的前夫吗？”

你眨巴眨巴眼睛认真地说：“不留恋，那样的他根本不是我喜欢的。”

别人又问你：“那你怎么整天哭天抹泪儿的？”

你想了想说：“我和他在一起三年，我付出了三年，我浪费了自己最好的青春，我消耗了自己最真的感情，我是舍不得这三年来自己付出的一切。”

你说，这样的婚姻不就是一场自己与自己的恋爱吗？

和卓非凡结婚没多久，我就发现我们在共同的生活中出现了一些问题。恋爱之初我们之间肯定就有差异，只是我那时心里膨胀着对他的仰慕和崇拜，没有在意。他接受的是传统教育，并且经历过文革，到云南下过乡，这些经历都成为决定他性格的主要因素。而我从小就在国外长大，很多生活习惯其实都是很偏西方化的。

“非凡，我们买这个花瓶放在客厅吧。”我指着一个褐色刻有欧式花纹的复古瓷瓶和卓非凡说。

“那个多难看啊，买这个吧。”卓非凡看上的是一个白底蓝花儿的仿水晶花瓶。

“买那种仿水晶的多假呀？”我能理解卓非凡在电影里描绘出的美，但是我发现我和他在其他方面对于美的鉴赏几乎没有一样是一致的。

“你现在是在嫌弃我不赚钱，买也只喜欢买个假水晶的是吗？”

其实我那时候就已经意识到，卓非凡这个人你不管他表面上对你有多客气，但其实他的内心世界是很骄傲的，他绝对不能容忍别人把他放在一个很低的位置上，虽然很多时候这些想法都是他自己产生的。

“不要凭空按照你的意思去理解别人的想法好不好！”我们两个人为家里要买个什么样的花瓶在商场里大吵起来。从小都是一个人生活的我当然也是属于个性张扬的一派，你不容易妥协我也不容易让步。

……

“非凡，我们别买水果给人家带过去了，打扰了好多趟了，也带个像样的礼物吧！”我们经常去顾子青家做客，除了聊艺术，顾子青还介绍了不少美国当地电影界的人士给卓非凡认识。

“带水果有什么不好，你不要老是拿你那种资产阶级的思想想别人！”卓非凡说话越来越冲了，一点儿余地都不给我留。

“我这哪里是什么资产阶级思想，只是礼貌而已，再说人家的确帮了你不少忙，我是在替你考虑！”我生气地和卓非凡说。我觉得我和卓非凡想问题永远都想不到一块儿去。

……

“你能不能早点儿睡觉啊，我明天还要上班呢！”卓非凡在屋里点着台灯看书，明晃晃地照着，我根本睡不着。

“以前我看书，你不睡得挺好的嘛！”卓非凡喜欢晚上工作，上午睡觉，可我要准时上班。天呐，怎么连睡觉的问题在结婚后都是问题了！

……

结了婚之后，我发现类似于这样的细节实在是数不胜数。吃饭、睡觉、洗衣服……我发现我们在生活中没有一个关卡是可以对得上的。我们就像两块硬石头撞在一起，能产生火花四溢的激情，但也更容易磕磕碰碰两败俱伤。

虽然在生活上搭不上趟儿，但是我那时候依然特别崇拜卓非凡，所以我不得不静下心来开始反思自己的行为，试图和卓非凡去沟通。但是卓非凡这个人说电影说艺术行，一遇到生活上的事儿就特别闷，每次我和他说我们在一块儿生活的时候，他便会闷着不说话，既不反驳也不赞成，次数多了就成了我一个人像怨妇一样，自说自话。时间长了我自然就觉得没意思了也就不想说了，我们之间的问题就这样越结越多。

日子过久了我慢慢地发现，我和卓非凡在一起的时候，开始感到紧张，担心自己的行为是不是会让他不高兴，想弄明白他究竟需要什么，而我自己在这样的关系中得不到一点儿乐趣！一点儿都不放松！

恋爱和结婚永远不是一回事儿，结婚和艺术也是不搭界的，可悲的是，在和卓非凡的婚姻中，我把它们全都混在了一起。卓非凡就是我当年自己给自己刻画的艺术形象，我不顾一切地把他往模子里装，然后就特别理想化地和他结婚了。只不过，那时候的我倒还没有直接把这个不再适合我的模子的人一把推开，而是开始了痛苦地不停地修正自己的模子的过程。

壹拾陆

他要参与游戏而不选择旁观

“跃，这周末给公司的孩子们组织点活动吧，这期杂志的销量不错啊！ 算是慰劳大家一下。”小蒙和我说，她时不时就会剥削我一点儿，然后给自己的下属谋点儿福利。

小蒙这孩子是米丫头介绍给我的，我说我缺一个主编，米丫头就说要给我推荐一个，说小蒙不仅专业功底强，而且也是一个很好的领导，这点在后来的工作中还真被我发现了。

“嗯，行啊，那就给他们组织一个比基尼派对，在我的 Loft 里。”我扬着头，用小眼睛看着小蒙，这丫头每次都会被我的建议弄得要抓狂。

“跃，你能不能不要每次都整一些外国人喜欢的东西啊，看你上次开那个派对把那些孩子们给吓得。”小蒙一脸的无奈。

在小蒙要求我给大家谋福利的时候，我总是能想到我的Loft，只要给他们提供足够的食物的和酒，安排一个有主题的派对，就万事大吉了。既省钱，又有艺术感觉。只是，每次杂志社的那些时尚人士都会被我的无厘头或者过于开放的派对主题弄得无所适从。

“那你们上次不也玩儿得很高兴嘛！”我开始和小蒙耍起了无赖。

“那你准备都准备了，我们能不给你面子嘛。”小蒙揶揄道，“唉，就你这种性格，回国干吗，要在美国好好待着，肯定是在美国的华人里很受欢迎的一块儿宝儿！”

“那也是哦，你看我这鸟语说得还真比国语溜。”我继续和小蒙贫嘴。

“行，开完这次派对，我们下次就给您开回美国的欢送派对。”小蒙说着已经从我的办公室走出去了。

“好啊好啊，说话算话哦，我到时候开一个更疯狂的！”我追着小蒙的背影说。

看着小蒙的身影，我也在想，那时候的我为啥非要回国呢？想来想去，好像除了自己那时候对于艺术的疯狂热爱之外，为了我的前夫卓非凡所喜爱的电影事业，倒是一个很重要的原因。没想到我们一起为了事业回来，而他却变成我的前夫了。

“非凡，赵英雄的《酒坊》在柏林国际电影节上获奖了！”我刚刚从国内飞回来，一进家门儿就和卓非凡说，他正一个人趴在床上看书。

一个星期前，因为公司的事情，我回了国内一趟。回去的时候，国内大大小小的报纸都在报道赵英雄导演的第一部电影《酒坊》在柏林电影节上获奖的情况，满报纸上都是赵英雄的笑脸。

“你回来了，你刚刚说什么？”看到我回来了，卓非凡赶紧从卧室走到了客厅。卧室和客厅间还有段距离，估计他没听到我刚才的话。

我把行李放到地板上，卓非凡抱了我一下。我从行李箱里把从国内带来的报纸给他拿了出来。

“我说赵英雄拍的《酒坊》在柏林电影节上获奖了，你在这边听说了没？”我把报纸递给了卓非凡。

“哦，这两天的报纸我都没顾上看，这些天一直在家里弄一篇论文。”卓非凡边答应着，边仔细看起了手里的报纸。

“以前他做摄影的时候，我还真没看出来他有导演的才能，没想到他第一次当导演，就能在国际上获奖，还获了个这么大的奖。”卓非凡自言自语道。

赵英雄是卓非凡在北电的同学，当时卓非凡准备出国的时候，赵英雄就已经开始拍《酒坊》了，而在这之前，赵英雄还是一个摄影师，一个在卓非凡导演的《高原》里工作的摄影师。我能看得出赵英雄的成绩多多少少还是在卓非凡的心里起了一点涟漪。

“嗯，去年我没来美国的时候还在北京见过他，那时候他就说在给《酒坊》制作英文字幕，在北京没房子住，我还把他接到了我家的四合院儿呢！”我想起来上次在北京遇到赵英雄的情景，没想到他是一声不吭地就能出大成绩的人。

“哦，你这次回国的工作做完了吗，怎么这么快就回来了？”卓非凡“哦”了一声就扯开了话题，皱着的眉头顶起了一摞皱纹，一副略有所思的样子。

“嗯，基本上完了，这次比较顺利。”看着卓非凡并不想再讨论赵英雄获奖的事情了，我也没再继续说下去。

“白跃，你说我什么时候回国比较合适？”后来，卓非凡没再提到过赵英雄获奖的事情，却是隔段时间就会问我这个问题。

“这个我还真给你拿不了主意，不过你想什么时候回去，我就什么时候跟你回去，你放心。”我当时几乎一切都以卓非凡为重。

“我觉得我拍电影的根在国内，所有的背景和环境也都在国内，迟早是要回去的。”卓非凡的眼睛里有一种迫不及待的向往，同时还有点淡淡的失落。

“对！”我给了卓非凡一个肯定的答案。

在美国混迹了很久，卓非凡始终还是在华人的圈子里混，没能和好莱坞的电影人士有更深入的交流，这让他在美国也感到很不适应，毕竟在中国的时候他是个主流的电影导演，到了美国好像就变成个一般人了，除了学习了一点儿美国电影之外，收获并不大。而当时的中国，赵英雄他们正在快速成长，拍完了《酒坊》之后又接连搞了几部片子都很成功，几乎要取代卓非凡在电影艺术上的地位了，这的确给卓非凡的心里带来了不少压力，他不能眼睁睁地看着大家在游戏里玩耍，而自己却只能旁观。

在美国挣扎了一段时间，卓非凡把自己在美国的课程做了一个完结，然后就做了决定要回国，重新开始拍电影。那时候的卓非凡就是一副“我还是这个游戏圈子的领头人，我得回去再举起这根儿指挥棒”的样子，背负着新旧压力，心情既沉重又兴奋地踏上了回国路。

那时候已经是 1991 年了，我为了能和卓非凡一起回北京，又向公司递交了要回国做项目的申请。对于我时不时就要对工作的地点挑剔一下儿，公司很是苦恼。还好我这几年的工作业绩还是很受公司赏识的，在飞德国总部跟大老板协商之后，公司终于批准了我的申请。我兴高采烈地随着卓非凡一起回了国。

壹拾柒

和死党痛诉丈夫的出轨

这一天在我们家聚餐的人很齐。林小米、陈安妮、小蒙、山子几个人都在。

我们这么多人的关系很是有渊源，基本上都是一个介绍一个，然后就都成了很好的朋友。但是现在，因为工作的关系，我们能够这么齐地聚在一起的时间并不多。趁着今天“过节”，其实也不是什么节，我下午在日历上看到的说是“国际牛奶日”，我就一时兴起把大家挨个张罗来家里吃饭过节，搞得大家都以为我最近在给哪个牛奶厂做广告呢。景天在家里给我们做了好多好吃的，我就和我的朋友们排排坐，在沙发上等着开饭，像是回到了童年一样，已经好久没那么开心了。

席间，我们聊着聊着就说到了大家认识的过程，颇为有趣。

“我和白跃是发小儿，她还穿开裆裤满胡同乱跑的时候，我就揪着她的小辫子到处玩了！”在山子的记忆当中，他总是欺负我，可我的记忆是，小时候的他总是被我欺负，并且经常被弄得要哭鼻子，在这一点上，我俩永远都不承认对方的观点。

“我和跃姐认识，那是因为林小米，当时第一次见跃姐的时候，我还被她吓了一跳。一个叼着烟、穿得邋里邋遢、时不时就要爆一句粗话的女人，是做时尚杂志的嘛，我当时还想着林小米是不是被骗了呀。”听着小蒙的话，大家都笑得使劲用手敲着桌子，“不过还好，后来我才发现这些都是跃姐的优点，不然还真做不了那么有个性的杂志，幸好当时没被我给抹灭了。”

“唉，这还不算是最搞笑的，你们应该听说过我和跃是怎么认识的吧。跃，你还记得咱俩是怎么认识的吗？”林小米笑得眼泪都要流出来了。

“当然，当然不记得了！”每次说到我和林小米认识的过程，我就开始扮失忆。

“哈哈，你又在装。那个在酒吧里哭着向我诉说衷肠的人是谁呀？”林小米每次都是话还没说完，就和大家心领神会地开始笑起来。我这帮损友从来也不管我的感受，只有景天会在这个时候摸摸我的头，以示安慰，可我抬头一看，才发现他正绷着嘴努力不让自己笑出声儿呢！

回国后，我带着卓非凡回了趟四合院儿，见了见我妈妈。这是我结婚后第一次带卓非凡回家，想想还真有些对不住妈妈。

妈妈表面上客客气气的，给卓非凡做了一大桌子菜，还把山子他们一起叫来吃了顿饭，不过只有我能看出妈妈心里是一百个不愿意，对于这个女婿，她压根儿瞧不上。

“妈，你现在见了本人还是觉得我们不合适吗？”晚饭后在厨房洗碗的时候，我偷偷地问妈妈。

“是见了面以后觉得更不合适了，你怎么就不吃一堑长一智呢！”妈妈痛心地跟我说。

看着妈妈的样子，我也没敢拉着卓非凡在家里住，我们在外面弄了个房子先安顿下来了。

在家闲了没几天，卓非凡就接到了《琴弦》的本子。那时候其实有好多本子等着他，他还算是顶尖的导演，又在美国待了那么长时间，人们都期望他能再次出马给中国电影带来一些新鲜的气息。而卓非凡也是铆足了劲儿，一天到晚都在剧组待着弄电影，基本上没回过家。

而我回国以后一心想要弄点和艺术、和中国文化沾上边儿的事情，所以整天除了上班之外，就是和朋友聚会、叙旧，看看能不能和谁一起干点儿什么事儿。在美国待了那么久，好多朋友都很长时间没见了，也该和他们聚聚了。

我和米丫头就是在那个时候认识的。

在和一堆朋友说了我要弄点和艺术沾边儿的事情之后，其中有一个朋友终于放在了心上，给我推荐了林小米，说我和她聊聊应该能弄出点儿东西来，并且他还热情地为我们选好了见面的地点，在东三环附近的一家西餐厅。

那天晚上是我先到的，我坐在餐厅里舒适的沙发上等着她。因为等得百无聊赖，便拿起餐厅里的报纸翻了起来。

报纸的前几版几乎都在报道国务院召开的全国经济体制改革工作会议，商品经济的浪潮已经渗透到了全国各个行业。我边理解着中央的意思，边往后翻报纸，突然娱乐版上的一个标题让我心里一颤“名导卓非凡片场给女主角亲切说戏”，看来改革开放让新闻环境也宽松了不少，这样劲爆的新闻在之前的娱乐版当中是绝对不会出现的。但是，当时的娱乐新闻毕竟还没像现在这么发达，如果标题能取成这样，说明两个人在片场的举动的确很亲密。我顿时没了刚刚在看要闻版时的平静心情，身体就像掉进冰窖里一样。

我把报纸往眼前凑了凑，生怕自己漏掉了一个字。新闻很长，一大堆文字的旁边还配了一张大大的照片，照片上一个女孩儿正蹲在地上，一手搭在卓非凡的膝盖上，一手撑在地上，扬着头望着卓非凡，两个小小的酒窝深深地嵌在脸颊上，女孩儿的鼻子很挺，眼睛清澈地像是盛着一汪水。女孩儿是那种少有的天南海北、男女老少都喜欢的漂亮。卓非凡坐在一把藤椅上，一个胳膊肘支在女孩扶着的大腿上，另一只手拿着剧本，头歪着正和女孩儿说着什么，两个人鼻子间的距离很近，像是能感受到彼此的呼吸。

我觉得我的肺都要气炸了，这还用说什么，即使是在说戏又怎么样，没有哪个正常的导演和演员会这么近距离地说。我再看两个人，女孩儿的眼睛里充满了甜蜜和崇拜，而卓非凡的眼睛里也满是温柔，这样的眼神儿我记得在结婚后好像就极少看到了。

我忍着心里的一团火读完了旁边的文字。

“……周敏能演《琴弦》纯属是个偶然。当时导演卓非凡去北京电影学院挑演员，无意间在校园里碰到了周敏，当时的周敏扎着一个马尾辫，穿着一身运动装，清纯的没有一点杂质，这样少女般的气质一下子吸引了卓非凡。他把周敏拦下来，问：‘你是哪个班的学生？’、‘是学表演的吗？’、‘以前有没有拍过戏？’……卓非凡一连问了几个问题，单纯的周敏像是被他吓了了一跳，只是瞪大了眼睛反问了他一句‘你是谁呀？’这样的表情一下子把卓非凡吸引住了，然后当时正在北电读大二的周敏就成了《琴弦》的女主角，而卓非凡在剧组也对这个自己直接挑选上来的小演员非常照顾……”

我的脑子里一片混乱，这简直是皇帝在选妃子嘛，什么导演选演员，我觉得自己心里的一团怒火就快要点燃了。当时我并不能确定这段文字究竟有多少是可靠的，可我的脑子已经一下子把它们全都吸收进去了，我甚至能想象得到当时卓非凡在校园里见到周敏的眼神儿，想到在片场卓非凡对周敏照顾得无微不至，我知道了什么样的感觉叫嫉妒，只是在我之前的生活中从来没有出现过这个词儿。

我觉得自己不能再忍受了，我站起来，准备离开，好像这里才是事发地一样，我也不知道自己要不要去找卓非凡问个清楚，只是觉得当时好像餐厅里的所有人都看到了这篇新闻，所有人也都知道我是卓非凡的老婆。我快速地把报纸放回架子的最底部，环顾了一下四周，觉得有无数双眼睛在盯着我，在嘲笑我。我要赶快离开这儿。

正在我怒发冲冠地站起身来要走的时候，林小米居然到了。

“你好，没认错的话你就是白跃吧？她们已经给我描述过你了，呵呵！我是林小米，你等很久了吧，第一次见面我就迟到，刚刚因为有点急事儿路上耽搁了一下，实在不好意思！”站在我面前的是个比我小的丫头，长相除了比我青春点儿之外，也没什么特别的感觉，只是说话很温柔，浑身上下还散发着一种特别的气质，我不知道该用什么词来形容，反正见到她好像就有一种在读诗或者听歌儿的感觉，清新和雅致扑面而来。

我这才想起来自己还约了朋友，刚才的新闻让我把这件重要的事情给忘了，因为是第一次见面，所以我不好意思就这么走了，只好硬着头皮又坐了下来：“哦，没事儿，我也刚到不久。”

我努力让脸上的肌肉松弛下来，露出点笑容，但是却只觉得脸上的肌肉越来越紧绷。

“我听他们说你特别想弄点儿关于艺术的东西，也不知道这帮人怎么就把我推荐给你了，弄得我好像是个艺术人士一样。 你现在想好要弄什么了吗？”林小米客气地问我，声音听起来很亲切。

其实当时我已经在朋友的介绍下知道，林小米平时既写文章又作曲，真正能算得上是个艺术家了。

“哦，我还没想好，是想弄个文化公司，不过最近几年都不在国内，对国内的情况也不了解，就想找熟悉的朋友问问，他们就给我推荐了你。”我努力想让自己进入状态，可是刚才的文章和照片已经把我全部的注意力都赶走了，我机械地回答着林小米的问题。

“白跃，不好意思，不知道当问不当问，你是不是有什么心事啊？”我不知道自己是不是表现得十分明显，没聊几句，林小米居然看了出来，这丫头够细心也够直接的。

“哦，没什么，只是身体有点儿不舒服！”对第一次见面的人，我还是有点顾虑。

“如果你有什么事情的话，我们改天再谈也行，我看你的状态不好，这样吃东西和谈事情都会受影响。如果不介意的话，我陪你去喝杯酒，旁边有个酒吧我知道还不错！”没想到这丫头这么善解人意，刚刚我想要离开的时候，也不知道自己要去干什么，现在林小米提议喝一杯，这下对我来说可能是最好的选择了。

“好啊！正好我也没什么胃口吃饭。”我没有拒绝，点点头，跟着林小米走了。

接下来发生的事情，在我的脑海里只剩下了一半的记忆。我只记得我和林小米走进了酒吧，在震耳欲聋的音乐声中，一杯一杯地和她狂放对饮。没想到林小米喝酒时也是女中豪杰，这点和我很投缘，我们三下五除二就干掉了几瓶红酒。接下来的一段便是我失忆的时间，中间发生的事情还是后来从林小米嘴巴里知道的。

等我再次恢复记忆的时候，已经是第二天中午了，我身边躺着林小米，再看看床和四周，我不认识，这应该是林小米的家了。

我揉了揉还在疼痛的脑袋：“小米，这是你家吧？”

“嘿嘿，你还知道，不错，看来酒精已经挥发完了！”林小米穿着件性感小睡裙躺在我旁边和我说话，“你不知道我昨天晚上把你弄回来有多辛苦。”

“呵呵！”我不好意思地笑笑，“我喝醉了是吧？”我问林小米。

“何止是醉，是醉得一塌糊涂，我都考虑要不要把你送到医院去解酒呢！”林小米笑着说。

“奇怪了，一般和人家第一次喝酒我都是很有节制的，我怎么觉得我像是从小就认识你了呢！”我和林小米说。

“我也有这样的感觉，好像有点儿相见恨晚、臭味相投的感觉哈！”林小米说话的方式很受我欢迎，很幽默也很直接。

“我昨天晚上没和你说什么吧？”我试探着问她，不知道我喝醉了是不是把卓非凡的事情和她说了。

“哦，没什么，就是一个晚上拉着我的手一直哭诉你丈夫出

轨了！”林小米的回答差点让我想找个地洞钻进去。

“啊！”我大叫了一声，用被子把自己包了起来，而林小米却在我耳边传来了大笑声。

这就是我和林小米第一次认识的过程，在我和她痛诉自己丈夫出轨的过程中，我们成了死党。那个时候不知道为什么，听到林小米大笑着谈论我丈夫出轨的事情，我居然一点都不介意，甚至还很享受她调侃的过程。这也直接酿成了在后来我和林小米的每次过招中，她总是以无所顾忌的调侃略胜我一筹的“悲剧”。

壹拾捌
婚姻里最重要的是什么

问："婚姻里最重要的是什么？"

答："信任。"

我们的杂志上每期都会有一个"Ask & Question"的专栏，专门解答关于婚姻、恋爱、两性的问题。编辑部每期都会收到全国各地很多的来信，每一封信基本上都是一个故事，编辑每次都会把这些问题扔给我来回答，倒也不是说他们觉得我的才情有多好，只是他们都觉得我比较闲。

不知道我每次都在周刊上这样明目张胆地给我的杂志打广

告，周刊会不会跟我收广告费，如果要收的话，那我下次和他们说可以从我的稿费里扣，多了可以退，少了我可不管补。

言归正传，这个问题是我从一堆雪片一样的信件里发现的，堪称是编辑部来信中最简短的问题。洁白的信纸上只写着这么一句话，从字体来看，应该出自一个女人之手。虽然只有十个字，但不知道为什么我却能从这十个飘逸的蓝色钢笔字中看出一个女人的惆怅。也许是正要步入婚姻，也许是已经走到了婚姻的尽头，在她即将面对或要放弃的婚姻中，一定有几样东西让她很难取舍。

婚姻里最重要的是什么？

这个问题，我几乎没有思考就想了出来——信任，一定是信任。

我喜欢在教堂里举行的婚礼，喜欢父亲将女儿的手郑重地交付在新郎的手中，在那一刻，一个老人将对女儿一生的爱全部交给了他信任的这个男人；我喜欢男人在上帝面前牵起女人的手，为她戴上戒指，不论生老病死、贫贱富贵，终将不离不弃，在那一刻男人把一生的爱交给了眼前值得他一生信任的女人，而女人则把自己的一生交给了这个让她信任的男人。 所以，从结婚的那一刻起，信任便像是一条线，系在了男人和女人的身上。

然而在整个漫长的婚姻过程中，由无数诱惑而引发的出轨成了信任的大敌。 一旦发生，婚姻可能就将遭遇天崩地裂的境遇。

结了婚的男女，总喜欢把“我相信他（她）”挂在嘴上，然后拎着一根儿信任的线让对方自由地在外面飞翔，直到有一天，你觉得这根线越撑越紧，他（她）不再想回来的时候，你才发现信任早就随风而去了，留下来的只有出轨的他（她）。

你想原谅，你舍不得，但是“出轨”却像恶魔一样无时无刻不在提醒着你，出现在你和他（她）吃饭时、聊天时、做爱时。 你开始在猜忌中惶惶不可终日，不知道他（她）离开你的前一秒和后一秒是否愉悦地躺在别人的床上。

终于有一天，你再也不能忍受这样的猜忌带给你的痛苦和折磨，这段婚姻也就走到了尽头。

所以，一旦失去了信任，婚姻也就不再是婚姻了。

和林小米在酒吧喝完酒以后，我没有拿着写着卓非凡和周敏的报纸冲到片场去，虽然心里极度的委屈。我一直等到卓非凡中途回家的时候，才和他谈起这件事情。

“最近报纸上写了你好多新闻。”这是拍《琴弦》以来，卓非凡第一次回家。隔了几年没拍戏，他几乎把所有的精力都放在了片场。我倚着书房的门儿和卓非凡说。

“哦，最近拍新戏，新闻肯定多。”卓非凡在书房往包里收拾了一大堆书，弯着腰和我说，但并没有回头看我。

“我是说你和周敏的新闻？”即使能猜到真相，但我还是想听他亲口解释一下。

卓非凡在听到“周敏”这个名字后，正装书的手在包旁停了下来，他弯着腰，停顿了几秒没说话，眼睛还是看着自己面前的书和行李。

“你说的是那个呀，现在的报纸就爱乱写，把剧组写的都是这样！”卓非凡干笑了两声，给了我一句毫无所谓的解释。他一定没想到我当时看到这个新闻时的心情，因为他连一句让我别乱想的安慰的话都没有，我那时候才发现，我几乎从不确定自己在他心中的位置到底有多高。

我没再说话，转身进了卧室。

权势本就是最好的春药，更何况卓非凡还长得气宇轩昂，我想。

卓非凡没给我撂下什么解释和安慰就继续去拍戏了，媒体对卓非凡的关注度越来越高，而我能看到的卓非凡的新闻也越来越多。

“白跃，你看今天的报纸了没？”我正蓬头垢面地把自己蒙在大被子里睡觉，林小米的电话就打了过来。

“什么报纸啊？”我的头好像还浸泡在昨天的酒精里，卓非凡和周敏的绯闻，我虽然实在是无从考证，也不知道事实究竟是什么样的，但这件事还是牢牢地蜗居在我心里，挪都挪不开。我不想拿着这件事情像怨妇一样一遍一遍地和别人倾诉，除了第一天喝多了和林小米说过之后，我没再和第二个人提起过，实在不行的时候我就把自己带到酒吧，然后把自己弄醉，这样反而更好，我不会再为这件事情烦恼，别人也不会知道我怎么了。

“报纸上拍到了卓非凡在一个什么聚会上和一个女孩牵着手

喝酒呢！ 你们到底是怎么搞的啊？”林小米在电话那头大叫。

我那原本被酒精冲洗过的好心情，被林小米的这个电话给搅得无影无踪。

“管他和谁喝呢，爱谁谁！”我啪的一声把林小米的电话给挂了。

我就像是一头受惊的母狮子，踢掉被子，走下床，点燃了一根烟，猛地抽了一口。 拉开窗帘的时候，太阳已经骄傲地挂在天空的正中间了，刺眼的光直接射进了我还没睡醒的眼睛。

“妈的！”我骂了一句，把窗帘重新拉上，窗帘上的滑扣在我用力的撕扯下，在滑竿上发出了刺耳的响声。

拿起手机，看看林小米的电话号码，觉得有些不好意思，我不知道自己是什么时候开始变成这样的，居然像泼妇一样对朋友发起了火儿。 我忽然感到一阵寒气从背后袭来，我居然想到了用“泼妇”这个词来形容自己，这对于从小到大都在接受着良好的家庭和学校教育的人来说，是多大的一个讽刺。

我重新给林小米拨了过去。

“米丫头，我刚才又犯神经病来着是吧！”电话那头的林小米接起电话，居然没有我想象中的怒气冲天。

“你还知道啊！”林小米的口气还是很温柔，我悬着的心终于放下来了。

“对不起，这几天我已经被卓非凡和那个周敏弄得有点儿神经质了。”我和林小米解释着，还好我还能向一个人倾诉，不然我真得会憋死的。

“我可告诉你，刚才我在报纸上看到的可不是周敏，是现在很红的那个节目主持人，叫徐丽，我看着照片很像。 不会他们两个人也有什么事情吧。”林小米的话差点儿让我崩溃。徐丽我认识，那张温柔善良的脸几乎天天出现在电视上，我妈很喜欢看她主持的节目。 徐丽在相貌上兼容着北方的大气和南方的清秀，个子很高，但却只是像南方女孩一样清瘦并不粗壮，脸上时常挂着笑容，一对大眼睛也总是在笑容后面弯成了两个美丽的月牙儿，透着永远鲜活的光亮，她的眼睛里好像永远都存着水一样，动不动就能滴下泪来，惹得观众一个个心生怜爱。

“没想到我丈夫还这么受欢迎啊，那么多漂亮的女人往上贴，我结婚前咋就没看出来呢！”我冷笑着走到镜子面前，看看镜子中的那张脸，塌鼻梁、小眼睛、大嘴巴，还有像鸡窝一样乱糟糟的头发，我觉得自己就像个小丑一样，在这些什么导演、演员面前跳来跳去。

挂了林小米的电话，拖着疲惫的身体又重新躺回到了床上，我真不知道现在要是不把自己控制在床上，会干出什么惊天动地的大事情来。

躺在床上想着我和卓非凡这几年的婚姻，我发现我到现在都不是很了解他。我从来不知道他在感情方面情感那么“丰富”，在美国的时候我一点儿都没发现。这些好像都是妈妈以前曾经提醒过我的，但是我从来没放在心上，直到现在我才明白“嫉妒”这个词真正的意思了。

从小到大，我的每一步路走得似乎都很顺，我从来都没有嫉妒过别人手里的东西，没有想着要和别人争抢什么东西，因为他们有的我都有，他们没有的我可能不用费什么力气就能得到。小时候为了不做大家闺秀，我偷偷地扮成男孩儿和山子在胡同里蹿，虽然每次外婆、妈妈她们都能识破，可疼爱我的这两个女人，从来没有骂过我半句；后来，我上了中学，妈妈因为出身问题，被弄到湖北下乡学习，就那样，她也有本事遥控指挥把我弄去了国外读书；而从美国独立生活开始，我几乎没有为任何一样东西发愁过，金钱、地位、感情，每一样东西对我来说都是唾手可得，可是今天，我却要和别人抢我的丈夫——这个最不该也不能和别人分享的东西。

虽然我现在还没有过类似泼妇的行为，但是已经在和卓非凡的婚姻里有了要做泼妇的欲望，我觉得自己好像要和那些许许多多的女人展开一场血战，这太可怕了。我甚至觉得现在的婚姻几乎要把我人性中最恶劣的一面给激发出来了，这样的感觉让我开始感到害怕、开始心里发慌。

我把自己放在床上，整整躺了一天。我第一次的婚姻已经失败了，我不想这次也这么轻易地放弃，放弃我当初苦苦追寻过来的感情，也不想让妈妈和朋友们再次伤心。我从被我睡得昏天黑地的床上坐起来，点上一支烟。屋子里黑暗的没有一点灯光，只有烟头燃烧时发出的星星点点的亮光。这支烟还没抽完的时候，我下了一个很大的决心，决定到卓非凡的片场看看，给我自己也给他一个机会。

第二天，我破例起了个大早，好好把自己收拾了一下，已经很久没有这么精心地装扮过自己了，好歹也要让外人看出来我不那么憔悴，然后，向卓非凡的片场出发。我没有提前告诉卓非凡，在去的路上我买了好些吃的，也好为自己突然去片场找一个理由。

“非凡，”我走进片场的时候，也没人拦我，卓非凡正在和一群人围着说戏，并没有出现我在脑海中想象过无数次的画面。

“你怎么来了？”卓非凡站起身来，脸上有着我突然闯入的尴尬，但还是尽量笑着。这是卓非凡拍戏之后我第一次来。

“我给大家带了点吃的过来。”说着，我从包里拿了一大堆刚刚在路上买的吃的。“非凡，还没给我们大家介绍一下呢！”卓非凡的身边还有一群工作人员，我笑着对卓非凡说。

“哦，这是我的妻子，白跃。”卓非凡的脸上掠过一些不自然，只那么一瞬间，不过还是被我看在了眼里。

“哦，你就是大名鼎鼎的白跃啊！”相对于卓非凡的反应，剧组的同事们倒是更热情，很多人都听过我的名字，所以一见面很快跟我熟络起来，边和我聊天儿边争抢着我带去的吃的，一派热闹的气氛。

卓非凡坐在一旁安静起来，我在片场并没有看到周敏。剧组的一个同事和我说，周敏今天生病了，所以没来片场，看来我来的还真不是时候。

和剧组的工作人员聊了一会儿，他们就起身去拍戏了，卓非凡也去工作了，从我来，到现在，他和我说的话不超过十句。

“白跃，你今天准备住在剧组还是连夜回去啊？”傍晚的时候，卓非凡终于有空走过来和我说句话了。

“你的意思呢？”我反问卓非凡。即使周敏不在，我也能从卓非凡一天的神情中看出来他的想法。判断我们的感情有没有出现问题，似乎并不需要另外一个女人来佐证。

“我是觉得剧组的条件不好，怕你住这儿受罪！”卓非凡说话的时候还有点不好意思。

“嗯，那我待会就回去吧，你忙你的，不用管我了！”

“好的。那等我拍完戏再回去看你吧。”卓非凡的脸上偷偷地流露出一天来第一次轻松的神情。

听完卓非凡的回答，我赶紧转身向其他工作人员的方向走去。我怕再不转身，正在我那双小眼睛里打转的眼泪会不争气地掉下来。

我不知道卓非凡看着我的背影有没有一点内疚，我不想去猜测。对于他的话，对于这个曾经每天和我共同躺在一张床上的最亲密的人，我现在已经找不出任何相信的理由了。

我想我们的婚姻是要结束了。

一方的出轨带来的只有信任的危机，可能紧接着便是另一方的歇斯底里。而我在自己即将要被这样的婚姻变成一个泼妇时，及时打住了。

壹拾玖

找个陌生人来疗伤

最近也不知道怎么了，好端端的，好几个朋友的感情都出现了问题。她们三天两头来找我倾诉，可是每次都以我们一起大醉收场，到了第二天，她们在原本受伤的心灵压根没见好的情况下，又多添了一层身体上的创伤。

后来，我都建议这些朋友不要再找我解决问题了，去找个陌生人倾诉，在清醒的状态下，把自己想说的话都说出来，这样可能更有效果。没想到，这些朋友还真听了我的意见，过了很久都没再找我。过了几个星期，我挨个儿打电话去问了一遍，结果人家每个人都已经把伤疗完了，正把注意力全部都转移到自己的工作中。那段时间，因为朋友们的积极工作，我还损失了不少饭局。

情伤不好治，找个闺蜜来疗情伤更是不容易。两个人太近了，该说的该劝的，早在要治疗之前就已经说完了，而你在太熟悉的人面前，也不能完全把自己放下，把自己在这段感情里仅有的一点尊严放下，不能不顾一切地怜爱自己一回，所以两个人待在一起的时候，可能只剩下对饮无言了。这时候，不如找一个几乎永远都不会再见面的陌生人，把想要说的、想要骂的、想要发泄的一次吐个够，好好地痛苦一回，那么留给自己的就没有比这个痛苦更痛苦的事情了。

这个方法我屡试不爽。

在片场探望完卓非凡之后，我已经明显地意识到我们之间的婚姻没有办法再继续了。对于一个已经不再爱你而爱上或者没爱上别人的男人，我在经过一番挣扎之后，开始对这样矫情的感情心灰意冷。我不是没有信心去和别人争，去和别人抢，但对于我来说，本来一个特别享受的过程一下子要变成一场战争，让我感觉特别不好，这已经违背我对于婚姻的初衷，于是，我选择了放弃。

我没告诉任何人，包括卓非凡，一个人收拾了行李便跑到了美国。我想找个地方安静一下。卓非凡那时候还不知道我在想什么，我估计他也没什么富余的心情来搭理我的想法。

到美国没多久，正好赶上我要过 29 岁的生日，当时的心情特别低落，也特别孤单，我很想能再次重温一下爸爸妈妈和我三个人一起吃饭，一起开心，一起说笑的日子。 在我 9 岁之后，就再也没有体会过对于普通人来说的普通的家庭温暖。

在美国，一个凉爽的晚上，我估摸着是国内不到早晨 8 点钟的样子，分别给爸爸和妈妈打了个电话。

“爸爸，下星期二是我的生日，你到美国来一趟吧，我妈也来，我们全家吃个饭。”我和爸爸说。

“干吗要跑到美国去，再说你妈也去，我不去，回来我给你补过。”爸爸压根当我是在开玩笑，说完就挂了电话。

“妈妈，下星期二是我的生日，你到美国来一趟吧，我爸也来，我们全家吃个饭。”我又继续给妈妈打电话。

“你怎么又去美国了，也不和我说一声儿，大老远的，我可去不了，再说你爸去我才不去呢，你啥时候回北京，妈给你补。”妈妈和我说。

我觉得自己没办法告诉爸爸妈妈我是因为要和卓非凡离婚，所以才想让他们来美国让我再次感受一下家庭的温暖，这已经是我第二次要离婚了，况且结婚的时候是没有一个人同意的，我说不出口。挂了电话之后，我哽咽着说不出一句话来。真的是自己酿的苦酒只能有自己来品尝了。

到了生日这天，房间里空荡荡的，电话也安静的像是死了一样，爸爸妈妈果真没有来。外面的天空也像是要配合我的心情一样，从早晨开始就没见过太阳，灰色的云彩铺满整个天空，没留下一点空隙，气压低的让人喘不过气来。

我像是一个被抛弃的女人，孤独地待在异国他乡。我觉得自己连一个说话的人都没有，也不能让爸爸妈妈摸着我的头说："没关系，一切都会好起来的，你会找到一个爱你的人的，你会幸福的。"我觉得自己特别可怜。

我套了身儿衣服出了门儿，准备去找心理医生看看。美国很流行看心理医生，不像国内，都得偷偷摸摸的，要去看个心理医生就和自己得了精神病一样。

我进了诊所，在护士那里登记过后，就坐在诊所里粉色的椅子上等着。心理诊所就是不一样，我想，不像一般的医院都是白花花的椅子，弄得人精神紧张。我坐在粉色的椅子上心情顿时就好了很多。

坐了不到一个小时，我就像发现新大陆一样，忘记了自己沉闷的心情，惊奇地看着诊所里的病人。之所以惊奇，是因为我发现一个小时的时间，医生一共诊断了三个病人，每个病人都是很正常地走进去，然后缩着肩哭哭啼啼地走出来。我惊讶于医生到底和他们说了些什么，居然能让每个人都泪流满面，并且在这个过程中，每个人还要支付医生每小时200美元的高额诊费。

正当我纳闷的时候，护士小姐叫了我的英文名字，我站起身来走到就诊室里。

一个极瘦极高的医生坐在对面的椅子上，脸上的颧骨很高，架着一副黑框眼镜，我怎么感觉他像是小时候在香港电影里看到的变态，这个想法让我对医生产生了一点害怕的感觉。诊室里并没有那种在电视上看到的半躺的沙发，医生也没打算要给我催眠，他生硬地指了指摆在他对面的一张单人沙发让我坐了下来，感谢上帝，这个沙发还是软的，我要在这里度过自我解剖的一个小时。

“你为什么要来这里？”医生抬起头，推了推眼镜问我。

“因为我又要离婚了，我不知道我为什么每结一次婚就要一次离婚！”我说。

“这是你第几次婚姻？”医生并没有什么惊讶的表情，我想每天来这里咨询的人里肯定也有很多是因为离婚而来的。

“第二次。”我说。

“你今年多大了？”医生问我。

“29。”医生听着眉头皱了起来，有点困惑，即使是美国人，他估计也不太能理解怎么这么年轻就要离两次婚。

“那要不然先说说你的家庭吧。”医生和我说。

“是说我的父母，还是我的外公外婆、爷爷奶奶？”我有点不解。

“都说说吧！”医生拿了支笔准备记录点儿有用的信息，然后再给我分析病情。

“我的父母离婚了，母亲后来找了个中国的高官，父亲找了个漂亮的跟妖精似的女演员；我的外公有三个老婆，第一个因为性格不合，几乎没怎么在一起，生了三个孩子，两个疯了；第二个就是我的外婆，但也不是我母亲的亲生母亲，我母亲的亲生母亲是个漂亮的交际花，我母亲是被人领养走的，而我亲生的外婆偷偷生下我母亲后又嫁了人；第三个外婆，我到了十几岁才第一次见。我爸爸的爸爸也有两个老婆，他一共生了七个孩子……”我一口气说着，只见医生在一张纸上不停地做着笔记，然后时不时抬头看我一眼，眼睛像要从黑框眼镜后面掉出来一样，向外凸着。

我一副花了钱不说白不说的架势，根本没想停下来。

“你说的这些都是真的？”医生惊叹着张大了嘴巴问我，额头上好像都渗出了汗。

“那当然了。”我说，医生一副打死都不相信的表情，睁大眼睛瞧着我，倒像是我在给他做心理辅导。

“那你的爸爸的爸爸、妈妈的妈妈现在还都在世吗？”医生问。

“不在了。”我说。

“那你想他们吗？”医生问我。

“我特别想我妈妈的妈妈。”我也跟着医生说起了鸟语。

“你想她什么？”医生问我。

“我想她在我不高兴、受委屈的时候总是摸着我的头说‘妞妞、别哭，有外婆在呢，没人敢欺负咱妞妞！’。”我说着说着就真想起了外婆，想起了外婆的手，干枯却异常的温柔，想起了我受委屈的时候，外婆摸着我的脑袋，为了让外婆多抚摸一会儿，我会使劲儿地哭。

我都不知道在医生面前哭了多久，只听见医生说：“好了，这次时间到了，效果非常好，下次再约时间来谈离婚吧！”

我一把鼻涕一把泪地从诊室里走出来，在护士那里交了费。我的心情好了很多，开始佩服起那个医生，果然是个大仙儿。

不过，我后来再也没有去过，这样的来自于陌生人的怜悯偶尔一次就够了，多了不知道会出什么事情，很多东西过去就过去了，也不需要再去想了。

贰拾

老婆和情敌

“老婆遭遇老公和情敌”，这好像是一个很血腥的话题，因为我的脑海里马上能想象出这样的一幅战争场面：老婆歇斯底里地冲到情敌面前，扯着情敌的头发，然后再在其脸上左右开弓，嘴巴里还不停地骂着“你这狐狸精，抢我老公，看我今天不打死你”之类的话语。

这样的画面总是会让我觉得心惊肉跳，不明白怎么好好的一场爱情霎时间就变成了一场战争；刚刚还优雅地踱着猫步的女人转眼间就好像变成了菜市场挥舞着菜刀要在一大块儿猪肉上肆意宰割的大妈。 我倒不是说菜市场的大妈有什么不好，我只是比喻这个优雅的少妇在一个不恰当的时机做了一件不恰当的事儿。

不知道这个老婆有没想一想，如此大闹一番之后，产生的结果是什么？ 不如我来给她总结一番：第一，老公颜面尽失，看清了老婆泼妇的本质，抓紧找机会、找理由投身于情人；第二，老公没那么大能耐离婚，在老婆撒泼的情境下，乖乖地选择了回家，但心却再也回不来了；第三，这一点更可怕，老婆不幸遇上了个剽悍的情敌，反倒被当众羞辱，这一下，有了情人撑腰，老公更加肆无忌惮。 反正我想来想去，就是觉得老婆的行为一定是狠狠地帮助了情敌一把，绝对不会产生出一个对自己有利的结果。

如此看来，当老婆遭遇情敌之后，这样当众撒泼的行为实在不可取。 依我看，优雅地从他们身边走过，高傲地跟老公和情敌打个招呼，顺便告诉情敌谢谢她替你在今天下午在你忙碌的时候照顾你的老公，然后在他们面前优雅地走开，这才是老婆遇到情敌时最高明的选择。

因为，既然老公已经拥有了情人，那么你们的婚姻就早已经名存实亡了，那么既然你已经得不到婚姻了，为什么不在结束婚姻之前给自己留下足够的尊严呢？ 退一步讲，即使你不舍得，非要留住这段残缺的婚姻，那这招儿也能为你争取到最大的主动权。

我可不只是行动上的巨人理论上的矮子，我也曾经不幸地遭遇过情敌，而我的经历也足以证明我的方法有多么正确。

从美国回来后，我的心情已经好了很多，起码没有当初要当个泼妇的冲动了，我的理智让我回归到了一个优雅的贵妇。为什么不要这样呢，我想，我自己能赚足够多的钱养活自己，我能把鸟语说得像母语一样好，我有众多的哥们儿姐们儿，我有一个疼爱我的妈妈，我还结过两次婚，我什么都不缺，干吗要把自己弄成个泼妇。

“非凡，我们离婚吧！”那时候，卓非凡《琴弦》的拍摄也已经基本完成了，在他回到家之后，我索性和他摊了牌。

“你怎么突然说这样的话？”卓非凡一脸惊诧的表情。

卓非凡并不知道我从片场回来后就去了美国散心，他似乎已经习惯了在生活中对我的漠视。虽然我的心已经从发现、挣扎、徘徊、犹豫到下定决心兜兜转转地走了一大圈了，但他却一点儿都没觉察到，一厢情愿地认为我们应该还像从前那么好。

“很突然吗？ 我想了很久了，并且已经决定了。”我和卓非

凡说，有点儿像就义一样，一脸的坚定。 不管卓非凡怎么想，反正我觉得脱离开这个让我感觉不到一点爱，甚至感到痛苦的婚姻是现在最迫切需要解决的问题，否则我觉得自己在这样的空间里连呼吸的能力都要失去了。

“是我哪里做得不好吗？”卓非凡问我，语气出奇的温柔。

“我觉得我们过不下去了，你看着我难受我看着你也难受，何必再凑合呢！”我说。

“你看我们是不是再好好谈谈，也许我最近比较忙，忽略你了！”我不明白卓非凡既然已经在思想上先放弃了我们之间的爱情，为什么还要来执着于我们名存实亡的婚姻。

“你觉得还有这个必要吗？”眼前的卓非凡让我觉得很痛心，在我痛苦地作出这样的选择之后，他居然失去了最后的一点真诚。

“不管发生什么事情，我们一定要到离婚的地步吗？ 还是你在外面已经有人了？”我可以理解卓非凡因为已经不再爱我而忽略我们之间生活的变化，并且不在意我们之间感情的变化，但我没想到他会倒打一耙。 眼前这个自私而毫无责任感的男人突然让我觉得是那么的陌生。

“非凡，虽然我现在要和你离婚，但是我一点儿都没有指责过你。你自己的生活是什么样子的，你自己的感情是什么样子的，只有你自己心里最清楚，我不想加入任何评论。现在，我只想告诉你我想和你离婚，我不想再过这样没有爱的生活，但是无论你作出什么样的决定，我请你先学会尊重别人。”卓非凡的出言不逊，毁灭了我心里仅存的唯一一点不舍。

“我不同意。你不能自己做了决定来通知我一下就行了。”卓非凡终于说出了自己的想法。我冷笑着，没想到在离婚这样的事情上，卓非凡还保留着自己可笑的自尊。

我看了卓非凡一眼，没说话，拎着已经打包好的行李离开了家，过了很久，卓非凡始终都没有追出来阻拦。

我拉着箱子一个人走在马路上，已经是夜里12点多。路上连乘凉的人也都回家睡觉了，偶尔有一些从我身边走过的路人也都是行色匆匆，大抵是下了晚班要赶着回家去吧，我酸楚地想。行李箱子的滚轮在寂静的夜空里划出一道道刺耳的声响，偶尔一辆出租车从我身边经过，放慢车速，看我没有上车的意思，接着便马上加速绝尘而去，只留下一个模糊的车厢背影和一些车轮掀起来的尘土。

我不记得自己在路上走了多久才走到一家酒店，这么晚了，我想自己不应该回四合院儿打扰妈妈了。

重重地把自己放在床上，刚刚在卓非凡面前的坚强一下子垮了下来，我的眼泪顺着眼角蜂拥而下，淹没了脸颊，流到了床上。和卓非凡从相识到相爱、从恋爱到结婚的一幕幕像日历一样一页一页地在我的脑海中翻过。那些和他在一起极尽快乐的笑声、那些我独自一个人撕心裂肺的悲伤，都顺着止不住的眼泪从我的身体中倾泻而出。

我从来没有感觉到哭得这么累这么累，天光放亮的时候，我觉得眼皮重重的，再也抬不起来了，我带着一身的悲伤和疲惫沉沉地睡着了。我真想能永远睡在梦中，那里永远都是开心的，不会让我背负这么多的伤痛。

连续几天来我都在酒店里住着，并且焦急地看房子，想尽快给自己找一个只属于自己的安全的港湾，正式开始和卓非凡的分居生活。

卓非凡虽然不同意离婚，却任由我消失在他的生活中，没有一点音信，没有电话，更没有人影儿。

我再次看到他，还是偶然一次在报纸上。

“《琴弦》杀青徐丽助兴庆功宴与卓非凡举杯畅饮”，卓非凡和徐丽兴奋喝酒的照片几乎占了报纸的 1/5 版面，我想要躲开都不行。从照片上看，卓非凡和徐丽应该是相谈甚欢，两个人独自在庆功宴的角落，卓非凡半靠在墙上，徐丽则优雅地站在卓非凡的对面，两人的脸都微微有些泛红，对望的眼神儿也略带了些朦胧和暧昧。卓非凡和徐丽的距离很近，徐丽飘逸的裙角几乎贴在了对方的腿上。看来两个人当时是谈得太投入了，记者拍到这样的照片，他们居然都丝毫没有察觉到。

照片中卓非凡的眼神儿让我感到那么熟悉，我能从那里清楚地看到他透出的爱慕之情，这种眼神儿他曾经也留给过我，但是是那么的久远，我当时深深地把它埋进了心里，但是现在他却这么轻易地送给了别人。看来事情还真让林小米给猜对了，记得那次报纸上第一次登他们两个人在一起的照片时，林小米就打电话和我说过，不过那时候我还还沉浸在卓非凡和周敏的绯闻中，无暇顾及更多的女人。

我看着报纸无奈地笑了一声，卓非凡还真是一点面子都不给我留。那时候虽然我们两个人已经分居了，但是并没有离婚，外界也不知道我们的婚姻已经处于风雨飘摇的状态。我把报纸揉成一团，扔进了办公桌下面的垃圾桶里。

“丫头，下了班儿出来喝酒吧？”我抓起桌子上的电话给林小米打了过去。

“你又发生什么事儿了，我今天早晨刚从香港回来，觉还没睡醒呢！”林小米扯着有点沙哑的喉咙和我抱怨。

“你到底要不要出来陪我喝啊？”我也不管林小米在不在睡觉，音调高了一倍。

“好好好，你说个时间地点，等你下班了我就去找你！”林小米知道我一般都不会发火儿，可是一旦生气了，一定是有什么大事儿发生了，所以聪明的她从来都不会在这个时候和我较劲。

“晚上 10 点，就在你家那边的‘Village’见吧！”我说完就挂了电话。

“跃姐，德国总部的老板打电话过来了，问他们昨天要的合同传真怎么到现在还没发过去？”办公室的小秘书推开门儿着急地和我说。

“跃姐，你今天上午约了和人家谈合同的，这就差十几分钟了，我们怎么还不走啊？”秘书还没出去，业务经理又跑进来和我说。

我的脑子都要炸了，平时在工作中几乎不会出现一点儿差错的我，今天这是怎么了。我烦躁地把合同文本给了秘书，让她给总部传过去，拎了包儿就和业务经理冲出了办公室。

晚上10点，我结束了一天的工作，准时出现在了Village里。林小米已经坐在我们常坐的那张桌子旁开始一个人喝上了，还好这丫头聪明，不会在我生气的时候还迟到。

“我要离婚了！”我把包放在一边，屁股刚刚挨在椅子上，就和林小米说。从我决定要离婚到自己找到房子住，我一直都没和任何人提起过。

“什么，你又要离了？”林小米刚刚喝在嘴巴里的酒差点一口喷了出来，瞪大眼睛和我说，“你知道你这是第几次离吗？”

“第二次，怎么了？”我故作轻松地和林小米说，没想到这个平时那么开放的人，遇到离婚的事情思想也这么保守。

“哦，你还知道啊，我还以为你一直觉得自己是个黄花大闺女呢，整天把离婚弄得跟分手似的。”

“这日子真的没法儿过了，我前一阵子去美国待了一段时间，我已经下决心了，这次真的要离。”似乎离婚的事情每被我想一次说一次，决心就会更坚定一次。

“是他和徐丽的事儿？”林小米问我。

“这你都知道了？ 我们这还没离呢，我今天就又在报纸上看到了他们一张甜蜜的照片，卓非凡是一点儿面子都不给我留啊！”我气愤地说。

“报纸上不是天天都有报道吗？ 你没看见啊？”林小米惊讶于我会这么不敏感。

“没，我一个星期前才回国，今天早晨偶尔翻了下报纸就看到一篇他和徐丽的报道，就那么迫不及待啊。”我说。

“我说你今天早晨怎么火气那么大呢，一猜就是出了事儿。”林小米说，“徐丽和卓非凡早就有点儿什么了，光是报纸上捕风捉影的报道大家就能看出来，我以为你知道。”

“卓非凡又没告诉过我，我哪里会知道啊，你也知道我不喜欢看那些报纸。”我说。

“你之前都不知道卓非凡和徐丽的事情，怎么就决定离婚了呀？”林小米一脸不理解的表情。

“其实都不用知道他们的事儿，就像上次他和周敏一样，我也没什么证据确定他们两个人是不是在一起，但是我就是能感觉到他早已经对别人动了心了，整个心都已经不在我这里了，你说这样的婚姻对于我来说还有什么意思。我不想去跟谁去抢自己的老公，既然对方已经不想爱下去了，干吗还要勉强。”我和林小米说。

“也是，那你和他说了要离婚的事儿了吗？他有没有同意？”林小米问我。

“说了，但是他不同意，这让我很奇怪。”我说。

“呵呵，正常，一个是你先提出来的，他的自尊心有点儿受不了，总觉得不管自己再先出轨都好，这段婚姻不能由你来做决定坚守或者放弃；况且你的名声和地位在现在确实也能对他的事业有所帮助，让他这么容易就放开也有点儿难。”林小米直接的分析虽然让我有点儿难受，但是我不得不承认她回答了我心里这几天一直想不通的问题。

“或许吧，但不管怎么样，我已经决定了，你也知道我一旦决定的事情谁都改变不了。”我有点儿伤感。

“那你现在还住在家里吗？”林小米问我。

“没有。我们现在已经分居了，我在外面找了房子，打我从家里搬出来那天，我们就再也没联系过。”

“都没和你联系？这样看来，卓非凡和徐丽这次不像跟周敏那次了，八成报纸上写的是真的了。”林小米略有所思。

“写什么了？”我问林小米。

“报纸上说卓非凡现在正在追求徐丽，不过怎么没提到你，不知道是不是已经收到你和他要离婚的消息，然后把卓非凡追徐丽的事情写得特别详细。”林小米绘声绘色地说起来，“说有一天，徐丽从电视台的大楼里下班出来，已经是晚上9点多了，突然看到卓非凡一个人在门口站着。两个人是在前几年做一次访谈节目的时候认识，所以徐丽一下子就认出了卓非凡，看他东张西望的就问他：‘非凡，你怎么在这儿啊？’。原本站在离电视台不远的卓非凡看到徐丽和自己说话了，掐灭烟头儿，赶紧走上前去说：‘我路过这儿，刚好肚子饿，正找吃饭的地方呢，也不知道哪家好吃！’徐丽笑了笑，脸上浅浅的酒窝很是诱人，热心地给他指路：‘那边有个傣家酒楼很不错。’卓非凡顺着她指的方向看了半天，一副不解的样子：‘哪有啊？’徐丽干脆是好人做到底，带着卓非凡一路走到酒楼楼下。这时，卓非凡才换下了刚刚不动声色的假面具，一双眼睛牢牢地盯着徐丽，说：‘既然都来了，那就一起吃个饭吧！’原来问路只是卓非凡这个大导演的小伎俩，他愣把一次约会弄成了邂逅，不过当时正处在离婚后痛苦之中的徐丽，倒也欣然接受了大导演的邀请。”

林小米眉飞色舞的一番表演，真是让我想气都气不起来，好像压根都不是在说我的丈夫。

“哎，你怎么就知道得这么清楚啊，连人家脸上浅浅的酒窝都知道，那天晚上你也在电视台门口蹲着啊？”我忍不住嘲笑林小米。

“哎呀，我这也是为了让你好。既然决定要离了，就对事情有一个全面的了解。我原原本本地把报纸上写的东西给你描述了一遍，连人家最后一句的评论都说给你听了，当然还加了我的一些表演成分在里面，也有原创的东西！”林小米丝毫没有要同情我的意思。

“那你觉得报纸上描写的这个东西是真的喽？”我也不知道为什么居然让林小米来确定我丈夫是否有出轨。

“白跃，你是不是烧糊涂了，你丈夫出轨，你问我是不是真的，他又不是和我出轨。”林小米喝了口酒，“不过，从你从家里搬出来后你们两个人的状态看，估计是真的了，卓非凡现在正热烈地追求别人呢，没空搭理你。”

“那也是！”虽然我很清楚，也已经下决心决定离婚，但是在确定了卓非凡出轨之后，心里还是有点不舒服。

“那你准备怎么办？ 要不要去会会那个徐丽，也不能让她就这么得逞啊！”林小米打断了我的话说。

“老婆会情敌？ 呵呵！ 其实，不管他和徐丽之间有没有发生什么，对我来说都已经不重要了。 我也曾经给过他和自己机会，但是在老婆和情人之间，他已经选择了情人，或者说选择了还没出现的那个情人。 究竟哪一个情人是真哪一个情人是假，已经不是我现在想要追究的了。 所以没必要要放低自己的姿态弄个鱼死网破，既然我们之间的爱情已经消失了，那在一场没有爱的婚姻里，我一定会选择放弃。 要去和别人争抢自己的老公，我宁愿高贵地把这样的老公拱手相让给那些争得你死我活的情敌们。”

“服务员，拿两打啤酒！”林小米听完我的话，向服务员大喊了一声，“我支持你的决定，虽然这已经是你第二次离婚了，但是我相信他一定不是你最终的幸福。你总是能这么潇洒，即使遇到那些情敌。跃，这一仗你打得漂亮，轮不到那个出轨的男人说不！”

我被林小米感动得眼泪都要掉下来了，管他什么老公、情敌，在这个时候，对我来说不过是个不值一提的转瞬即逝的流星，有这样的朋友陪在身边支持我，我就已经知足了。

和林小米大醉一场后不久，我终于辞去了年薪7万美金的工作，在林小米的建议下弄了个文化传播公司，林小米还把我推荐给了庞伟，让我在他的周刊上写专栏。

这下我终于是弄了点儿和艺术沾边儿的事儿了，不再每天和那些散发着铜臭的合同打交道了，我高兴极了。庞伟也没想到，本想只是让我在他的周刊上牛刀小试，而我却在两篇文章之后就积累了一大批忠实的读者。

卓非凡的《琴弦》虽然并没有取得《高原》那样的成功，但是这并不妨碍他在中国电影界的名头变得越来越响亮。报纸、电视天天都充斥着他的专访，不过，还好，我已经能够平静地看待他，就像看别的导演一样。

贰拾壹

和名人的婚姻绝对是一种负担

“跃，晚上回来吃饭吧，叫几个朋友，我今天没事儿，做了好些个菜！”我正被这期的杂志弄得焦头烂额，景天的电话就到了。

“好啊，好啊！ 够几个人吃呀？ 我把山子、林小米他们都叫来！”和景天在一块儿，我总是感觉被幸福包得满满的。经历过三次婚姻之后，我才体会到什么叫做“完美”的人生，起码我觉得自己和景天的幸福特别的完美。

“没关系，你都叫来吧，你们也好久没见面了！”景天总是知道我在想什么。

“嗯，那我们一会儿就到。”

挂了电话，我收拾了一下被照片堆得乱七八糟的桌子，出门、开车，然后给林小米、山子、陈安妮他们打电话。

我到家的时候，这几个人居然比我还先到，已经开始享用景天切好的水果了。

“吆，您来了，快请进！”山子一副主人模样，站起身来就要迎接我。

“你还真不把自己当外人。”我边换鞋边冲山子说。

“唉，你说我三天两头就来蹭一顿饭，有时候一蹭还好几天，我都不好意思把自己当外人了。”山子嬉皮笑脸地说。

我到现在还和这帮朋友这么亲密，起码有1/5的功劳是景天的，他会经常帮我安排好一切，然后招呼朋友们来吃吃喝喝，加深感情。

“哎，我这儿有一大新闻，你们要不要听啊？”山子放下了手里的水果，来了精神。

“当然要了。”林小米说。

“不行，你说了不算，得听白跃的，对了还有景天的，他们没意见我就说。”山子还卖起关子来了。

“你还有什么事儿不能说的啊？”我白了一眼山子。

“是关于你前夫的事情，所以我不得不征求一下人家景天的意见啊！”山子准是又要拿我和前夫的事情来取笑我，对于我和卓非凡那桩失败的婚姻，山子总是一副“不听老人言，吃亏在眼前”的样子。

“我可一点儿意见也没有，我们家白跃现在心里除了我可没别人，你们随便说。”我在景天旁边坐下来，抱住了他。

“那我可说了啊！”山子看了大家一眼，每双眼睛都盯着他，也不知道我前夫的事儿能有多么大的号外新闻，“听说李美在媒体前开骂了，你们都不知道吧？”

李美是卓非凡的现任老婆，也是一个和我那个后妈相似的美的跟个妖精似的演员。超级精致的五官，美艳绝伦；标准的五官比例，和谐温婉；甜美圆润的长相，艳惊四座，这些词用在那个女人身上一点儿都不过分。从卓非凡的第一任老婆，到现在的李美，卓非凡的审美跨度那还是比较大的。这个李美和他结婚后，作风很是剽悍，不光经常和卓非凡当众秀甜蜜，还总是在媒体面前冒出一些惊天动地的话来，让大家惊叹连连，不知道今天谁又倒在她的枪下了。

“她骂谁了呀？”我问山子。

“你们都不知道吧。听说李美在一次采访的时候，说卓非凡是一个特别可爱、特别憨厚朴实的人，简单而没有任何心眼。”

“我怎么没看出来啊！”我打断林小米的话。

“你别插嘴，听我说啊！说有的人为了赚钱，写书把他描绘成喜欢年轻漂亮女人的负心郎，说他是抛弃结婚约定而有外遇的男人。但事实上，我最了解，他对那个老女人没有爱情，他们之间根本没有书里写的那个要结婚的约定，这只能说明出书的人没有魅力让这个男人爱上她。”山子说。

“这太强了！”林小米和陈安妮都睁大了眼睛。

“也就是说，李美公开骂徐丽？说她没能力让卓非凡爱上自己？”不知道为什么，对于卓非凡的事情，一到我这里就短路，总是反应很慢。

“白跃，你终于在你前夫的事情上聪明了一回，这次我们只等了几分钟你就反应过来了。”山子又来挖苦我。

“山子！”我隔着景天打了一下儿山子的肩膀，以表示我对他的挖苦很不满。

“已经抢到了，还要再骂回来，也太没度量了吧！”陈安妮说。

“我倒是挺同情徐丽的。”我说。

“嘿，没想到你还挺大方的呀，对你之前的情敌这么宽容。”山子一边往嘴巴里塞了一块儿苹果，一边说。

“小心噎着，你少说我一句没人拿你当哑巴。”山子是一个特别好的孩子，每次和我交战到最后，他总能在我胜利的时候忍着不再说话，让我自个儿傻乐，怎么说也是我发小呢！

其实和山子说的话，我一点儿都没有假惺惺地故作高姿态的意思，虽说当时徐丽也是我的情敌，但事过境迁，那段往事

不过是朋友和我茶余饭后无聊时的谈资。我后来遇到了景天，所以对于过去也彻底地忘记了。不过，之所以我还有闲情逸致去同情徐丽，也是因为对于盛传一时的卓非凡和徐丽这对才子佳人恋情夭折的事情，略知一二。

当时卓非凡和我的婚姻在摇摇欲坠的时候，他的确是投入了徐丽的怀抱。在我和林小米那次聊天之后，我还是鬼使神差地想去打听了一下这件事情，虽然我早已经不想挽回这段感情了，或者说，那时候对于卓非凡的感情几乎已经没有了，但我认为至少应该在离婚前让我弄个明白。我不会去和自己的情敌正面交汇，但是本着对婚姻负责的态度，我还是要亲自了解一下她和卓非凡的事情。

我的朋友特别多，所以认识个电视台的和徐丽熟悉的朋友并不成问题。江米娜就是我在那个时候认识的电视台的主持人，也是我觉得我唯一一个有目的地去交往的朋友。不过不管初衷是什么，后来我们还是成为了很好的朋友。

徐丽当时其实已经是一个很优秀的主持人了，从山东来到北京，短短几年就成了家喻户晓的名嘴，能弄得全国人民和她一起哭，一起笑，实在是很不容易。连我妈妈都很爱看她主持的节目，所以一直到后来，我也没告诉妈妈徐丽和卓非凡在一起的事情，免得她老人家伤心。

“你们台的徐丽现在是不是已经离婚了呀？”和江米娜熟悉之后，我有意无意地打探点儿徐丽的消息，因为徐丽当时很红，所以对她的私生活感到好奇并不奇怪。

“是啊，别看她在事业上呼风唤雨，但是家庭生活也不是很顺利。她原来的丈夫留在山东，没和她一起到北京，刚开始听说两个人还想修补一下两地分居带来的矛盾，不过后来可能是觉得实在没办法再在一起了，就离了。那段时间我在台里碰到徐丽，觉得她的心情也是挺郁闷的。”江米娜说。

“这种事业型的女人都是这样的，光顾事业，家庭迟早是要出问题的。”我附和着江米娜。

“不过，我可听台里的同事说，徐丽不只是外人看来的那种事业型的女人，光是她做饭，就能够得上一个优秀家庭主妇的级别了。我们台里的同事以前去徐丽她们家吃过饭，徐丽给大家做烙饼，甜的、咸的、奶油酥的、葱花酥的都是一绝，轻轻抖开，每一张能分成薄薄的四张，那手艺把同事们一个个给惊叹的。她好像对面食特别在行，还喜欢用传统的方式蒸包子，包子下面用玉米叶托着，玉米叶吸水，蒸出来的包子特别有韧性和弹力……”江米娜描述的简直就是一个每天系着围裙在家里等候丈夫回家的贤妻良母，我甚至都想到了她给卓非凡烙烙饼、蒸包子时的情景，但是这样的女人偏偏又是一个在事业上那么优秀的人，怪不得能吸引到卓非凡，我也觉得还不错。

“那她现在还一个人过呢？”我问江米娜。

“听说好像跟一个什么导演在谈恋爱，台里的人都在传，她好像也没跟大家说不是，我估计是真的。”当时江米娜和我的交情并没有那么深，再加上那一年我和卓非凡已经没了来往，所以江米娜并不知道卓非凡是我的丈夫。不过，等后来她和我真正熟识起来之后，说到这件事，还是耿耿于怀，硬是给我加了个利用她的罪名。

从江米娜的话里我最终确定了徐丽的确是我的情敌这件事情，不过那时候我的心情早已经很平静了，我只是想弄个明白，所以知道后对我的心情也没什么影响。甚至我还能冷静地想，卓非凡之所以和徐丽在一起，除了徐丽的漂亮、温柔、贤惠之外，徐丽的知名度应该也给卓非凡在事业上带来了不少的帮助，所以他们两个人能结合在一起是很正常的，这也是卓非凡比较正确的选择。

当时卓非凡的《琴弦》已经拍完了，但并没有在票房上有多少成绩，这给卓非凡带来了不小的压力。因为他当初去美国学习的最终目的，就是想要将艺术和商业完美地融合在一起，投资人在他回国之后纷纷找他来拍电影，也看重的是这点，虽然电影是一门艺术，但同时也是一门商业，没有任何一个投资商愿意做赔本儿的买卖。但《琴弦》证明，卓非凡在美国学习到的理论知识还是没能付诸在实践上。当时我去电影院看了这部片子，我觉得卓非凡在这部片子上的艺术造诣还是有的，但是已经没有以前那么强烈了，他有意地想融入一些商业的元素，虽然他在离艺术的巅峰还有一段距离的地方停了下来，但影片却没有因为艺术上的弱化而带来强有力的票房成绩。虽然卓非凡的名气依旧响亮，但这还是直接影响到了投资人的信心，并且给卓非凡后来的拍片带来了很大的影响，而徐丽就在这个时候起到了关键性的作用。

后来，山子也向我证实了我的想法。

“听说卓非凡最近也要开始拍商业片了。”山子和我说。

“都和你说以后不要再和我说他的事情了，我找个时间就和他办离婚手续，以后这人就彻底和我没关系了。”我冲着山子嚷嚷。

我当时真觉得和名人的婚姻绝对是一种负担，不管你愿不愿意再和对方有联系，都不可避免地能从各个地方听到他最近的动态，然后还有一帮人有意无意地提醒你和你曾经有过关系的那人怎么怎么样了，好像你永远也脱离不开那个圈子。

“我这不是今儿和卓非凡的那个御用摄影师见了个面，聊起来了才想着回来和你说一下嘛。那人说徐丽凭自己的人脉最近见了不少投资商，让他们来投卓非凡的电影，只是那些人爱投的可都是商业片儿，卓非凡不得不向商业片儿转型啊。我也觉得冲徐丽的名气，再加点儿绯闻，这电影光是前期的宣传炒作就肯定能火。”山子说。

“就你知道得多，你没替我提前恭祝我前夫影片大卖啊！”山子一听我真的来气了，吓得吐了吐舌头，不敢说什么了。

后来我才知道山子说的那部商业片是《戏子》。

《戏子》的小说原版我看过，是香港畅销书作家梦瑶的大作，故事不过是个普通的言情小说，但是作者的语言很是吸引人。我不知道当时徐丽是怎么游说卓非凡的，像他那样有着浓厚艺术家情结的导演，估计是特别不屑于拍这种所谓的爱情片的。卓非凡在犹豫了一年半之后还是把那个片子接了下来，我心里对那个女人还真有了一点佩服。

就是据我当时的这么点儿了解，我都能看出来徐丽在经历了第一次感情的伤痛之后，应该是把卓非凡真正当成了爱情的依靠，在卓非凡迷茫和失意的时候，全心全意地为他付出，所以在李美对于徐丽的骂战中，我还是站在了徐丽这边。

贰拾贰
离婚

离婚的过程总是痛苦的，而我在30多岁的时候就经历了三次这样的过程，想一想，我应该是痛不欲生才对。不过，最近因为写我和前夫的事情，免不了要想到当时离婚的过程，我发现我几乎已经忘记了当时疼痛的感觉，只记得当时离了婚之后，我还去看了他一部最新的电影，给自己弄了个告别仪式。

说实话，决定离婚之后，我和卓非凡的感情虽然是一潭死水，但是不管是谁给我往这水里扔块儿石头，都能把我的痛苦给激起来，我知道自己的内心还没办法回复到从前的平静。

而真正把我从那时候和卓非凡离婚的痛苦中解放出来的人是孟飞，一个我认识了将近 10 年的法国人。

办了文化公司之后，我和文化人打交道的时间也就越来越多了，孟飞就是其中一个。虽然认识了很多年，但是和他真正密切接触是在文化公司成立之后，有一天，我把自己手机里的通讯录挨着翻了一遍，把能给自己增加点儿文化气息的人都整理了出来，孟飞就是在那个时候被我从几乎快要遗忘的记忆中给捡回来的。

和孟飞约好见面后，我专程飞了一趟上海，那时候孟飞还在法国驻上海的一个文化机构工作，而我在北京，我们平时几乎没什么机会见面。

“好久不见了，你不知道我昨天接到你的电话时，还真有点惊讶。”我和孟飞是十多年前在国内的一个聚会上认识的，原来我在国内的时候我们倒是经常有往来，不过最近这几年我都在美国，大家的联系就少了很多。虽然很久没见，但孟飞的声音还是那么熟悉。

“呵呵，我是给自己来补习文化知识来了，我的公司要做一个中法交流的文化活动，有些东西我还真拿不准。”我一点

儿也没掩藏自己的来意，这下倒把孟飞给逗乐了。

“那你先拜师吧！”孟飞冲我眨了下眼，法国人优雅的笑容从他的脸上盛放出来。

“好啊！”我还真给孟飞作了个揖。

“你还是像以前一样，一点儿都没变，那么聪明活泼。”孟飞说。

“你还记得我以前的样子啊，我以为几年不见，你早把我忘了。”我和孟飞调侃道。

“那当然了，我一直都对你印象深刻，只是你很久都不和我联系了，这让我很伤心！”孟飞的身上保留着西方人一贯的优点，幽默、直爽，“对了，听说你现在辞职办起了文化公司，还办得风生水起的！”

“你这临时功课做得不错啊？”我笑着问孟飞。

“让你失望了，我还真不是临时抱佛脚，每次我和我们以前的朋友见面，我都会打听一下你的近况。”孟飞脸上露出了像小孩子一样委屈的表情，他的话让我心里一暖。 和卓非凡的感情出了问题之后，我好久都没有感受到这样的关心了。

“好吧，那这次你终于有机会从间谍变成正义的战士了，能直接从我这里打探敌情了。”我对孟飞笑笑，别看孟飞是法国人，但他的中文程度似乎比我还要好，所以和他交流我压根不需要讲究措辞。

我在上海待了两天，本想只是让孟飞帮公司的中法交流活动出出主意，把把关，顺道给我普及一下法国文化，这样也不至于在交流活动中出纰漏。

我这人其实有一个特别大的优点，平时没事儿就看好多好多的书评，或者和好多好多不同领域的专家交谈，就像和孟飞这样，然后我把他们现成的观点和知识完好地储藏在我的脑袋里，以后一旦有机会用上，这些观点就像是我的原创一样会顺畅地从我的嘴巴里溜出来，然后就在大家慨叹我学富五车的赞叹声中偷乐。

但是孟飞在这两天却是超额完成任务，不仅给我普及了很多法国的文化知识，还不辜负我的期望，给我讲了整整两天的西方文化，“文艺复兴、布拉芒特、巴洛克建筑……”我从来不知道自己居然对西方文化也能那么感兴趣，孟飞在我的眼睛里仿佛已经化身成为了一个个飞舞的文化符号，生动诱人。

两天后，我依依不舍地和孟飞告别，回到了北京。

从上海回来后，孟飞和我的电话频繁起来，每一次通话都会给我带来不一样的惊喜。他在我的眼睛里渐渐地变成了一个充满文化的美丽泡泡，我像是一个爱吹泡泡的小孩子一样，在太阳底下看着它们闪闪发光。和孟飞的聊天儿，简直成了我生活中最享受的事情，我彻底把卓非凡的事儿给忘记了。

“跃，我到北京了！”自从我第一次专程飞到上海之后，我和孟飞之后的见面都是孟飞到北京来看我，“我已经在你公司楼下了，你出来就能看到我了。”孟飞说。

我冲下楼去，孟飞正拿着一束花儿站在公司门口儿，金黄色的卷发在阳光下闪亮着，脸上带着他惯有的温暖的笑容。恍惚间，我觉得自己见到的分明是童话里的白马王子，而我自己也顺便着当了回公主。

我走到孟飞面前，他双手把花儿捧到我的面前，是一束紫色的郁金香，这样的颜色我很少见到，隐隐地透着神秘和浪漫。孟飞在我的脸颊上印了个吻，是那种轻轻的，柔柔的吻，充满了爱怜，我几乎都要在他的温柔中给融化了。

“最近工作比较清闲，我请了10天假，这次可以在北京陪你很久了。”孟飞拉着我的手向公司走去。因为工作的关系，孟飞平时到北京最多都不会超过3天，这次听到他能陪我玩10天，我竟然像小孩子一般开心起来。

“我是白跃，你这几天抽个时间吧，我们委托律师把离婚手续办一下。”这天和孟飞吃完饭后，我给卓非凡打了个电话，这是分居了几乎两年之后，我第一次打电话给他。

和卓非凡的婚姻其实在我心里早就像已经结束了一样，这两年我一直不轻易地去触碰感情，所以和他的离婚手续一直也拖着没办。最近和孟飞相处得越来越愉快，也总是让我心里想着该是解决事情的时候了。在美国结婚有个好处，离婚的手续特别简单，不用夫妻双方亲自去办理，委托律师就行了。

“好！”卓非凡那边也没什么异议，语气很平静。这两年他和徐丽的感情也很稳定，大概也早已把我当成了他的前妻了。

“白跃小姐，您的离婚手续已经办妥了，我会尽快将证明寄给您。”我委托的律师没过了几天，就向我传来了消息。我

接到律师电话的时候，正在和孟飞吃饭。

“好的，谢谢。”挂上电话，我出神儿地愣了好长时间没说话。本应该在两年前就结束的婚姻终于画上了句号，我的心里不知道是伤感还是轻松。

“跃，你怎么了？”孟飞问我。

“我办完离婚手续了！”我的脸上肯定写着一些失落，并且被孟飞发现了。

孟飞看着我没说话，他摸不清楚我现在在想什么。

“我在30多岁时就离了两次婚，经历了可能别人一辈子都经历不到的事情。我总是在想，为什么别人一辈子都能从一而终，而我为什么总是遇到婚姻就束手无策。到现在已经有两段婚姻葬送在我手里了，我觉得一定是自己出了问题了。”当离婚真正变成事实之后，我再一次想到了这个问题，这也是我反反复复伤感的原因。

“跃，这不是你的错儿，人和人之间的缘分有的时候就是这么奇怪的。你不要把所有的责任都扛在自己肩上，让自己那么难过。”孟飞安慰我，“我带你去个地方吧！”

“去哪里？”我问孟飞。

“待会儿吃完饭你就回家收拾几件衣服，我们下午就走。”孟飞并没有告诉我去哪儿，我也没继续问。那一刻我只是在想，在我人生再次出现低潮的时候，幸好还有孟飞陪在我身边。

傍晚时分，我们经过一番飞机和大巴的颠簸，出现在了江西婺源。

“天呐！”我简直要被眼前的景象惊呆了！一排排、一层层、一片片金黄色的油菜花像海一样在我的面前蔓延开去，一直延伸到了远处的山脚下。四周青黑色的山群包裹着这一大片花海，偶见粉墙黛瓦的徽州民居在花海中鳞次栉比，升腾起来的轻雾在混合着清透薄薄的空气跌宕在眼前，我似乎置身于一幅花黄柳绿的水墨丹青画之上。

“感觉真的太棒了！你怎么会想到带我到这里啊？”我惊叹孟飞这个法国人怎么能找到这么美的地方。

孟飞说：“因为我想让你在这里看到你自己。”

“这里？”我环顾四周，现在其实已经是油菜花儿的盛放期了，早期开放的油菜花已经微微凋落，后开的却还在争相盛放，开得一派热闹，偶尔还能看见粉红的桃花、洁白的梨花点缀在其中，“看到我自己？”我没听明白孟飞的意思。

“你看那些油菜花丛中的桃花、梨花，娇艳欲滴，分外引人注目。在我的眼睛里你却并不像那些桃花、梨花一样风姿卓越，但是人们却依旧会在人群中一眼把你认出。你知道为什么吗？因为你就像那些盛放着的油菜花一样，有别样的意蕴，虽然看似普通，但却金黄灿烂格外耀眼，让别人迫不及待地要去了解你。”孟飞看着我。透着那层薄雾，我依然清晰地看到了他眼中的赞许，“你或许没意识到，你真的特别优秀，不要让一些无所谓的事情让你失去自信，我希望你能像这里的油菜花一样永远绽放着自己最美的笑容，让我永远能看到你醉人的微笑。”

我看着孟飞清澈的眼睛，心里的感动开始波涛汹涌起来。

我再次回到北京的时候，大街小巷都已经沸沸扬扬地传开了卓非凡的《戏子》在戛纳电影节获得了金棕榈大奖的消息，估计连卓非凡自己都想不到，曾经被他一再拒绝和看不起的“言情小说”居然把他推到了艺术生涯的巅峰。

“卓非凡的《戏子》获金棕榈奖了，太牛了，你知道了吧！”朋友们的电话一个接一个地打来向我报告着这个好消息。

“是，不过，我和卓非凡已经离婚了。”我和不同的朋友不断地重复着这句话。

“啊？ 你在他最困难的时候出现在他身边，却在他最辉煌的时候离开了他。”朋友们在惊讶或安慰过后，个个都发出了这样的感慨。

“呵呵！”我笑着接纳着朋友们的这些安慰。 但其实心里特别清楚，我的心情已经异常平静，不再需要这些安慰了。

当电话安静下来的时候，我庆幸自己终于彻底从这段感情里走出来了。 我决定独自一个人去电影院看一遍卓非凡巅峰时刻创作的电影《戏子》，也算是和我的过去做个告别。

买票，进电影院，此时的卓非凡不过是和我熟悉的一个导演，和别人一样。

片中的“戏子”，舞台上生动的眼眸，舞台下不可自已地坠落沉浸，在整个历史前进的滚滚车轮中他始终扮演着被动怅挽的角色。就如多少年前那一出英雄美人的悲剧上演时一样，他无论如何是一个逃不开放不下的唱响挽歌者。卓非凡在“戏子”的身上花费了太多的心血，从开始的被迫入戏到最后的凄然自刎，在中国现代社会的变迁进程中，卓非凡加入了标志性的历史反思，他一贯凝重的镜头竟然透出了无限哀怨的惋惜，是为“戏子”悲亦是为己悲！果然，《戏子》是卓非凡到那时候为止最灿烂的歌唱。

戏如人生，人生如戏，回头张望自己和命运的连接时，前生来世的惊觉轮回仿佛只是卓非凡自己的诉说。

电影落幕，我和卓非凡的这段感情也真真正正落下了帷幕。

贰拾叁

把玩笑变成现实

“跃，最近我的一个朋友拍电影，片儿里还缺个成功的出版商，让我推荐一个人，要不你去吧？”陈安妮和我说。

一旁的林小米一听差点笑趴在地上，“你还敢让她去拍啊？”

“我跟你们说，我要是再去拍电影，你们一个人给我一巴掌！”我端着扎啤杯靠在客厅的沙发上，看着陈安妮这死丫头就没安好心。

“上次拍得不是还可以吗？”陈安妮不知死活地说。

前几年，陈安妮曾经给我们拍过一个电影，那经历现在想起来都痛苦，我觉得比我离婚时的痛苦那是有过之而无不及。

“那叫可以？”林小米笑得下巴都快掉下来了，“你记不记得，第一天跃去拍戏的时候，导演看着化得跟个大花猫似的跃说‘你找个位置坐好吧！’然后白跃随便挪了一下屁股就把自己摆在了沙发上。

导演接着严肃地说：‘你给自己脸上找点儿光’。

白跃边嬉皮笑脸地问：‘难道我脸上没光吗？’边又不知死活地随意朝哪个方向扭动了下脸，‘导演，你看这样行吗？’

白跃当时完全不知道导演要干吗，然后我就看见导演在沉寂了几秒之后，绝望地从监视器后面伸出头来，开始深深地吸了口气，然后不知道嘴巴里骂了句什么，对白跃说：‘你坐那儿别动，’接着又对现场的工作人员说，‘换机位调灯光’。

片场的工作人员听了导演的命令后哗啦啦地来了个前空大挪移。白跃一看导演走了，乐呵呵地扭回头来，放松了刚刚紧绷起来的脖子，和旁边的人开始聊天儿，也不知道白跃那会儿听到了什么有质量的笑话，不顾一切地笑得前仰后合起来。

这时候，导演大汗淋漓地重新走到监视器后面，工作人员也劈里啪啦地把所有的机器挪了个位置，然后高潮就来了。 导演瞪着眼睛停顿了两秒，然后大喊一声：‘白跃，你又给老子动地方了！’……”林小米边说，我和陈安妮边笑成了一团，趴在桌子上使劲儿地拍着沙发。

“那导演遇到你，当时那叫一个倒霉，就差骂娘了！”林小米笑得一把眼泪一把鼻涕地说。

“他倒霉？ 我更倒霉。 每天为了化那个破妆，我的皮肤整天过敏，后来跟导演申请不化妆拍，导演那眼神差点没把我从现场再发回我妈的肚子里重生一回。”我抢着说，“所以我发誓谁要再敢叫我去拍电影，我一定跟他没完！”我愤怒地说着。

陈安妮前几年之所以给我们弄了这个电影，纯粹是因为我们这帮朋友酒后的胡言乱语。 当时卓非凡已经有了美若天仙的李美当老婆，而我也已经和景天幸福地生活在一起。 可我那帮朋友只要闲来无事还是会拿我和卓非凡的事情开涮，都是他知名导演的身份闹的。 也是，我得原谅她们，也不是每个人都能把那个百年才出一个的优秀男人给甩了，所以我也就忍了。

有一天晚上，我们几个喝的正 High，林小米说："不知道你那个导演前夫在你之后又找了几个女的？"

"你没事儿找抽呢吧！"我瞪着林小米，"我只知道徐丽和现在那个李美。"我骂了一句，但还是乖乖地回答了她的问题。

"你说要是你们三个遇一块儿了，然后一起聊聊你的前夫，那多带劲啊！"林小米说。

"你丫今儿是有病还是怎么着啊？"我看着林小米的小脸红扑扑的，一定是喝醉了。

"嘿，我觉得靠谱儿，这题材多好啊，准火！"陈安妮还火上浇油。

"电影就叫'谁抢了我的前夫'是吧？"我嘲笑着这俩人。

"绝了，哎，白跃，我都没发现你这么有编剧天赋啊，就这么定了，主角当然找你来演。”陈安妮激动地说。

我觉得我简直是天底下最大方的人，把自己的隐私和艺术灵感毫无保留地献给了我的姐妹们，供她们开怀一笑。我一边和她们共举杯庆祝这个伟大的决定，一边想着等明天酒醒了再好好收拾她们。

可谁知道，在我采取行动之前，陈安妮像是一架 B－52 一样，实实在在地把我轰炸了一回。

“白跃，准备一下，电影在过年的时候拍。”接通陈安妮的电话就听见她莫名其妙的话。

“什么电影啊？”我纳闷着。

“‘谁抢了我的前夫’呀，剧本我已经找人弄了，就叫你说的名字，故事也基本拿你的前夫为范本，剧组人员我已经定下来了，到时候要进组时，我再通知你！”我被安妮弄了个措手不及，没想到一个月前我们在酒吧里的胡言乱语，居然被安妮以惊人的速度变成了现实。

“不是闹着玩的嘛，你怎么当真了，也不跟我商量下。”我苦恼地向陈安妮咆哮着。

“谁和你闹着玩啊，不是你提出来的构想嘛，你也知道我向来雷厉风行啊！就这么定了，你准备一下。”陈安妮说完乐呵呵地挂了电话，只留下我在电话这头一个人苦闷。这不是欺负人嘛！

于是在那年春节，人人都在喜气洋洋地在家过节的时候，只有我一个人哭丧着脸进了剧组。刚才林小米讲的那一幕，就是我第一天进组时发生的。

贰拾肆

电影——《谁抢走了我的前夫》

既然提到了这部电影，我便不得不啰嗦几句给大家讲讲，因为对我来说是痛苦，对你们来说还算是饭后的一乐子。

电影：《谁抢走了我的前夫》。

主演：白跃，我前夫的前妻，关系好像有点儿混乱，一个知名的出版人。

徐丽，我前夫的前女友，一个知名的主持人。

李美，我前夫的现任妻子，一个漂亮的女演员。

光从三个名字和头衔来看，我的前夫还挺牛的。

第一幕：

白跃、徐丽和李美都算是艺术圈儿里的名人，三个人本来没什么关系，属于艺术不搭界，老死不相往来的主儿，却因为白跃的前夫连在了一块儿。突然有一天，三个女人都接到电视台的邀请，要讨论一个关于感情的话题，想邀请代表艺术圈不同界别的她们三位都到场。

“白跃，您看您能来吗？我们这期节目您也知道，深得台里支持，也深感台里的压力，这期是台长钦点的您，说是要一个麻辣的名女人，非您莫属，台长您也认识，您看……”

对方的话说得很有艺术，先拿收视率来诱惑，然后再拿台长的人情来威胁，即使知道要和前夫的前女友、现老婆一块儿登台，也让白跃干张着嘴说不出一个拒绝来。

“那好啊，到时候见喽！”白跃咬着牙客气地答应着，温柔的气声儿从喉咙里跌跌撞撞地挤出来。

“徐丽，您可是咱台里原来的台柱子，这个节目缺了您不行，台长可是亲自发话了，要把您请回来做嘉宾，您要是不回来就是驳了台里的面子，我可是不好跟台长交代呀！”台里一手提拔徐丽成为全国主持界的一姐，好不容有个节目需要她做回嘉宾，徐丽想不回去也确实不合适。

“行，没问题。”过去的人和事都过去了，应该多记得人家的一点好，应该对现在的人多些尊重，徐丽的这种度量还没人能比。

“李美，您看您和卓非凡现在可算是咱们演艺圈的模范夫妻了，不给我们介绍点儿经验可不行，台里特别希望您这次来，顺道也能给卓导宣传一下他的新片子，我们会给您留足时间。”给卓导宣传新片的诱惑比什么都来得大，这可是全国最牛的电视台，李美才不会拒绝呢。

“当然了，如果你们不嫌弃，那么我就把我这些不成熟的生活经验跟你们分享一下。”什么前妻、前女友，骄傲的李美压根儿都没有放在过眼里。

第二幕：

三天后，白跃、徐丽、李美共聚一堂，像过年一样。

主持人说这期的主题只是一个泛情感问题，任何话题都能聊，越是激烈敏感，越能引发高的收视率。

白跃、徐丽、李美三个人各自心怀鬼胎，分别坐在三张单人沙发上。

白跃今天既然来了，面对两个和自己的前夫有瓜葛的女人，也没准备就这么平静地过去，到底这两个女人怎么抢到前夫的心、又怎么抢到前夫的人，白跃准备一不做二不休地给弄弄清楚。

徐丽知道两个主儿都来者不善，一个把自己算做情敌，另一个已经在公开场合骂过自己，虽然这样，她倒是怀着一颗平静的心来的，不管两位怎么样，她都不露声色，这是她的算盘。

李美，可算是美了，自诩为三个人中间唯一的一个胜利者，是要挺直了腰杆儿秀一下现在甜蜜的生活的。

三个人各自对望了一下，空气显得稀薄起来，仇恨、嫉妒、得意的暗箭刷刷刷地从六只犀利的眼睛里射出来。

“今天，我们跟大家聊的是名女人的感情话题，三位现在都享受着各自美好的爱情，不如谁先来谈一下现在的老公或者男朋友是怎么追求到你们这么优秀的女性的吧，也好给大家树个榜样，好让我们现场的单身女青年按着你们的经验去吸引未来的老公。”主持人说。

李美忽闪的大眼睛瞟了大家一眼，摆明了是告诉别人不要和自己抢这个话题，然后嘴角微微向上扬起，露出了在镜头面前熟悉的笑容。

“说到追求，看跃姐和丽姐都没接话，应该能这么叫吧，可能年纪都比我长一点，我就先来说说好了。”李美开了口。

“其实我和卓非凡的认识也有点机缘巧合。那是在 1994 年，他正在拍《旧上海》，当时我去剧组试镜。那时候，我刚从学校出来没多久，但对卓非凡还是早有耳闻，知名的大导演，想着能上他的戏应该很不错，所以我对试镜特别重视。当时卓非凡在看了我之后对我还算比较满意，和制片人商量都准备要定我了，但是一说开拍的时间，和我的另一部电影正好撞在一块儿了。因为剧组的时间也没法儿协调，所以卓非凡只好放弃了我。”

“那你们当时在试镜的时候算是一见钟情吗？”主持人问。

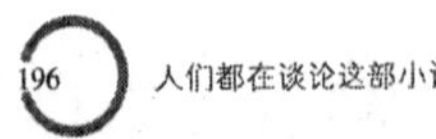

“我不知道卓非凡怎么想的，后来我问他，他都没正面回答过我，估计是不好意思说，呵呵，不过我当时见了卓非凡确实是被他吸引了。我是趁另一个戏的空当去试的妆，挺累的，《旧上海》的化妆师给我化妆的时候，我就闭着眼睛休息了一下。化着半截儿妆，我忽然就感到有人在看我，猛一睁眼睛，镜子里多了一个人，卓非凡不知道什么时候坐在了我身后，非常仔细地端详着我。我当时心里怦然动了一下，有种说不清楚的感觉，卓非凡气宇非凡的样子印在镜子里，一下子就把我吸引住了。”李美的眼神里全是骄傲，嘴巴上的谦虚却分明地告诉大家两个人真的是一见钟情。

徐丽的脸上挂着笑容，是主持人的职业笑容，不过白跃却能看得出徐丽脸上的笑容分明是在掩饰别人不易觉察的伤感。

当时的卓非凡是个什么状态，其实只有徐丽最清楚吧，在徐丽新出的书中，白跃看到过她对当时情况的描述：

当时徐丽还在和卓非凡谈恋爱，那段时间徐丽为了能给卓非凡最大的支持，除了工作、和卓非凡一起去见投资人，几乎很少出家门儿，也推掉了很多别的活动，专心在家里给卓非凡当家庭主妇。一次，电影学院的老师到家里去找卓非凡，就见一个特别贤惠的女人在端茶递水，他和卓非凡聊天儿的时候，女人都只坐在一旁给两个人削水果，很少插话。两个人讲到特别有意思的地方，这个女人也最多只是笑笑。卓非凡并没有给这位老师介绍这个女人是谁。老师却一直觉得这个女人很眼熟，直到走出家门儿了，才想起来这不是知名的节目主持人徐丽嘛，居然在家里做起了贤妻良母，这让这位老师大感意外。

卓非凡在上海拍《旧上海》的时候，也就是认识李美的时候，他家里发生了一件大事儿，卓非凡的父亲病重。卓非凡打电话给徐丽，说话里掩饰不住悲伤，说自己在剧组实在走不开，希望徐丽能代替自己去医院照顾一下儿父亲。徐丽当时听了，放下电话就去了，一句多余的话都没说。徐丽在医院里伺候着未来的“公公”，就像是对自己的父亲一样。可惜，老人家还是没挺过去，在病床上躺了一个多星期就不行了。老人最后的弥留之际，是徐丽陪伴着度过的。老人走的时候，还抓着徐丽的手不放，看到这么一个好媳妇儿，可能在心里也没留下什么遗憾。徐丽满眼泪哗哗地把“公公”去世的消息告诉卓非凡，但是卓非凡说自己在剧组实在是不能回去奔丧，让徐丽替他给父亲操办丧事。

徐丽忍着悲伤和疲惫，跑前忙后地为老人料理后事，让老人安心地和大家告了别，卓非凡全家上下都对徐丽充满了感激。前前后后，徐丽忙活了将近两个星期，没有一天睡觉超过5个小时，看着脸上的憔悴，徐丽心里却很安慰，能替卓非凡做这些事情，她觉得已经很值得了。

而这个时候，李美说卓非凡在和她一见钟情。徐丽的脸上保持着冻住的笑容，白跃看在了眼里。

“那后来呢，你们怎么会走在一起啊？”主持人对李美和卓非凡的感情看来非常感兴趣，估计观众也很关心吧。

“后来真正熟识起来，其实是在香港的一次私人聚会上。那时候已经到了1995年了，离在《旧上海》剧组的见面也有两个月的时间了。卓非凡在香港和一些电影明星参加活动，在美食城聚会，正好知道我当时也在香港，就打电话叫我一起出来吃饭。吃了饭，我和卓非凡两个人也不知道怎么就很自然地到房间外的阳台上聊天儿。我记得当时卓非凡问我：‘女演员都怕我，你怎么一点都不怕我？’我知道他说的是《旧上海》试镜的情形。卓非凡长得高大，眉毛浓密眼神犀利，一般女演员看了他就怕，只有我那时候在化妆镜里看到他后还一直敢和他对视，我说：‘我干吗要怕你，你是老虎还是豹子？你是人我也是人，我凭什么要怕你啊？’卓非凡听了哈哈大笑。他后来说，就是那次聊天儿，让他见识了到一个对他来说从来都没见过的女人，可以那么轻松地在一起聊天儿，那么坦诚、那么可爱！没有一点儿压力。我想这可能也是我吸引卓非凡的地方。”李美详细地描述着她和卓非凡打情骂俏的过程，挑战着白跃和徐丽的极限。

“那后来卓导是不是就乖乖向你投降了？”主持人笑着问，台下的观众都瞪大了眼睛听着。

白跃终于见识了这个美的跟狐狸精似的女人的厉害，看来这个女人抢自己的前夫是轻而易举的事情。

“反正，1996年，我正在加拿大拍戏的时候，卓非凡突然从国外的电影节转机到香港看我，向我求婚，当时我一下子就蒙了，在我的生命里还没有一个男人向我求过婚。虽然我当时已经喜欢上了卓非凡，但是我不敢和他说，他那么优秀，我不知道他是不是在开玩笑，就试探着问他：‘好啊，我们可以结婚试试看，不行可以离婚啊。’没想到，卓非凡听了我的话以后马上回答：‘不行，我们结婚的第一个条件，就是永远不许离婚！’我当时一下子就被感动了，当一个男人给你做这样的承诺时，比‘我爱你’要重不知道多少倍。然后，我就投降了，哈哈！”李美乐得嘴巴都合不上了。

第三幕：

在李美甜腻腻的讲话面前，白跃和徐丽都静坐旁观着。白跃坐在沙发上开始后悔当初和卓非凡的一段婚姻，真希望自己曾经没有和卓非凡有过任何关系，现在坐在这里的白跃如坐针毡。徐丽冷冷地看着李美，倒是觉得没什么，她像是在听别人说故事一样，这个人和她的生活有什么关系呢！

“刚刚李美给大家聊了自己的爱情，听得我们都挺羡慕的，这让我们也知道了，其实名人和咱老百姓也都一样，一样花心思追女朋友，一样谈情说爱。我们也想听听白跃和徐丽的感情生活。”

“我吧，别看我每天写情感专栏，弄得跟个专家似的，但是自己离婚都离了三次，现在让我谈感情，我就怕把大家给耽误了。”白跃谦虚地笑笑，今天来，她压根没打算说自己的感情，她就想来插科打诨，把自己想弄明白的事儿给整清楚了就行，“不过，我倒是有些情感话题想趁着这个机会和大家聊聊，也能听听台上两位的高见。”

“白跃可是以文笔犀利而著名的，今天在台上一见，果真说话都透着一股子霸气，不知道白跃今天跟我们大家分享的是个什么尖锐的情感话题？”主持人道。

“我觉得活在现代社会，我们女人都特别不容易，必须都得混得跟精似的，才能避免自己受伤。但是，很多女人还是希望自己能一直保留着自己的可爱和纯真，这就给某些男人造就了机会，一不留神儿，天天睡在你身边的男人可能已经不是完全属于你一个人的了。所以我想问问，如果要是你的丈夫或者情人出轨了，你会怎么办？”白跃说完眼睛就瞟向了徐丽和李美，想必这两个人心里都心知肚明，场上散出了一点火药味儿。

徐丽和李美都没马上接话。

“现在的婚姻确实很多时候都把女人放在了一个特别弱势的位置上，要不我们现在请咱们的知性主持人徐丽来给大家说说她对于这个问题的看法吧。”主持人把话题丢给了徐丽。对于徐丽、白跃和卓非凡的关系，观众基本都知道个大概，现在都在观众席上睁大眼睛要等待一场战争的爆发。

徐丽接过话筒，照例笑了笑，“很久都没拿起话筒了，刚才一直做观众，觉得还挺过瘾的，一拿话筒就觉得沉甸甸的，觉得自己说的每一句话都要对观众负责了。”徐丽说得很恳切。

“遇到丈夫或情人出轨，对于女人来说确实就像是一场灭顶之灾。说老实话，我曾经在无意中介入了别人的婚姻，间接造成了别人的丈夫的出轨，我也曾经遭遇过自己的情人出轨，现在回想起来，两种情况的痛苦程度几乎是一样的，对

女人来说都是一种伤害。在我知道自己介入了别人的婚姻后，我自私地选择了保护自己的感情，但是在这样畸形的状态下展开的爱情注定不会正常，那是一段没有自尊、没有自我的日子，我付出了一切去维护自己抢夺来的爱情，但是其实在那一刻我已经失去了那份爱情。就在我筋疲力尽想寻求爱情的结果时，男友重蹈覆辙，像背叛他的妻子一样背叛了我，出轨去寻找他新的爱情了。我曾经很长时间沉浸在那段痛苦的日子当中不能自拔，可能经过了好多年才缓过来。那以后，我才明白，在一段爱情之中，我们需要信任和责任，需要去争抢的东西对于我来说永远都没有意义。一旦出轨，这份感情就应该结束了。”

徐丽的话让主持人大吃了一惊，没人想到她会在节目中透露自己的隐私，透露那段一直没有公开的往事。观众席中在安静了几秒钟之后，爆发出了热烈的掌声。

看来徐丽煽情的功力没有因为最近几年退出主持界而有所下降，白跃心里想着，脸上没动什么声色，对于眼前这个无意中抢夺了自己的前夫却又最终未成功的女人，白跃似乎还有点怜悯。倒是李美的表情有点儿尴尬，摇臂摄像机照到了李美，她笑着看着徐丽，脸上的笑容有点僵硬。

“据我了解徐丽应该不是北京人吧，不过从她的话里我倒觉

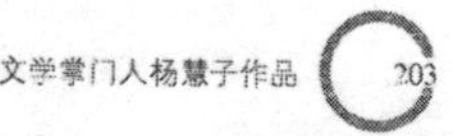

得她有我们北京胡同大妞的个性。以前的她心底里对感情的重视会让她毅然地以选择或抛弃一种感情的方式，执着于自己的感受，这比很多人要固执得多。但我想知道，在那段不堪的日子里，当自己承受着出轨的男人，还不幸遇到了那个倒胃口的情敌时，处于弱势地位的女人应该怎么跨过这个坎儿？”看来白跃今天是一定要公报私仇了，每一个问题都针对台上的两位。

场上的气氛越来越紧张，白跃、徐丽、李美围成一个半圆，各自几乎连身体的姿态都没有变换过，但是眼神和表情却在各自的想法中交战了无数个回合。主持人早已经看出了台上的战争，但他任凭三个人把话题有目的地丢来丢去，这不也正是他们节目今天的目的嘛，他心里跟明镜儿似的，为什么要找这三个人，因为他的节目策划案的名字就叫“卓非凡和他的三个女人”，只是他没和这三个人说出来。他知道就凭白跃无所谓的率真、徐丽的善良和李美的骄傲，场上一定是硝烟弥漫，无论她们各自抛出什么话题，这期节目都能成为节目创办以来收视率最高的一期。

“既然爱不存在了，那么这份感情肯定也就过去了，所以丈夫、情人、情敌，这些对于自己不过都是些过去的事情，无论谁对谁错，还是多让我们记着对方的好吧！我们都是普通人，只有学会感恩，才能收获快乐，因为这些永远都不会真正留在我们身边的人，我们只是走近过彼此，却从来没真正走进过，那又何必仇恨，仇恨一个与你毫无关系的人呢！”徐丽的公关能力，连白跃都要佩服了。

“李美应该算是我们三个中婚姻最顺利的，不知道有没有考虑过这些晦涩的问题呢？”白跃接过徐丽的话。

“呵呵！”李美笑得好像骨头都要酥了，“在我的生活中确实还没遇到这样的事情，应该说我还是比较幸运的。其实我觉得婚姻是两个人的事情，很多感觉没有结婚便体会不到，结了婚才知道对方真的是你很亲很亲的人，所以能在婚姻里努力享受这样的感觉，双方就会彼此珍惜，这样出轨的机会也会比较少。”

李美没有正面迎接这个问题，她的回答，总让白跃觉得是在看一部电视剧，她伸了个懒腰，显然对李美刚才的一番话表现出了点疲惫。

“今天我们非常荣幸能请来白跃、徐丽、李美三位成功女士来给大家分享自己的感情故事，分享自己对于婚姻、爱情的智慧，她们丰富的经历对我们来说除了新鲜之外，更多的是饱含了她们对于生活的感悟。让我们再次感谢她们今天的到来，也希望她们能在今后的人生中一直保持着自己对于爱情的执着。”主持人满意地结束了当天的节目。

第四幕：

节目播出的时候，白跃正和景天在床上疯狂地做爱，在他们呻吟的间隙，偶尔才能听到节目中李美大段大段的近乎自恋的独白；徐丽正在拍电视剧，她根本没时间看节目，那期节目对她来说不过是找个机会对自己过去的一种救赎；李美倒是在电视机前仔细看着自己的解说，她每听一遍自己的话语，就肯定了一遍她和卓非凡彼此相爱的事实。

电影看似就要在三个人各自释怀的幸福中平静地结束，却没想到，在节目播出后的两周，一个噩耗传到了白跃、徐丽和李美的耳朵里，卓非凡在西藏雪山拍戏时不幸遭遇雪崩，搜寻队已经搜寻了三天，至今卓非凡仍然下落不明。虽然白跃、徐丽现在和卓非凡都已经没什么关系了，但是曾经的感情还是让这个消息给大家带了不同程度的震撼。

影片的结尾，三个女人穿着白色的衣裙游走在无人的街上，她们因为一个把彼此联系在一起的男人，不得不面对现实的自我。在她们成功自信的躯壳下面，只有对过去遗留下来的不可弥补的情感经历在这样寂寞和无助的夜晚在空中飘荡起来，那些曾经因为内心深处的欲望而激发出的徘徊在道德边缘的体验，将有可能随着卓非凡一同埋葬在西藏的雪山里，永远不能见天日。

白跃、徐丽和李美在寂寞的夜空中大笑着，笑声中充满了讽刺，划破天空。

这部影片可能对观众来说是一次窥探隐私的绝佳机会，但是对我来说简直是一种折磨，不光是拍电影的过程，当我鼓足勇气在电影院看电影时，我几乎快要崩溃了。我看着自己被放大成两米多高的身子，棋盘一般大的脸，然后矫情地诉说着我的前夫，我当时连把陈安妮掐死的心都有了。打那儿之后，我便发誓再也不碰电影了。我走到哪儿都和别人说谁要是看见我再拍电影，都可以给我一个大嘴巴子。

贰拾伍

做名人曾经的女人，难

总有记者问我说：“是不是做女人难，做名女人更难。”可像我这样的女人，一直都觉得自己登不上那些整天穿着高跟鞋、在各种派对里扭来扭去的名女人的大雅之堂，所以也没有体会到做名女人的难处在哪儿，不过我倒是可以给大家说说做名人曾经的女人有多难。

因为不巧嫁过个导演，而这个导演不巧又是国内知名的导演，于是，我就成了名人背后的女人。做名导背后的女人那阵儿，除了会时常觉得和名导奔跑在两条路上之外，倒也没觉得其他的有什么困难的。不过，当我不幸成为名导前妻，成为名导曾经的女人时，才终于体会到其中的艰辛。

不是我非要矫情地和名人、和前夫沾点儿什么关系，只是媒体一直不给我一个让我忘记自己曾经是名人妻子的机会。还好我后来的丈夫、男友都比较通情达理，也不跟我计较什么，否则一边是前夫的唾骂，一边是丈夫的棍棒，我的日子该得是多惨啊！

不好意思，为了要证明我今天的结论，我必须得从我再次结婚说起，各位读者你就受累再看一下儿吧。

和卓非凡离婚之后，我很快又把自己放在了孟飞的爱河里。

“跃，我们结婚吧！”孟飞温柔的声音出现在电话那头儿。

“你那边应该是半夜吧，你怎么还没睡？这么晚了是在和我求婚吗？”我嘴巴上像是没事儿人一样，可心里却在扑通扑通地跳个不停。虽然我能感觉得到孟飞对我的喜欢，但是我没想到他这么快就会向我求婚。

“当然了！”孟飞很严肃。

“可是我已经结了两次婚了，我怕……”两次失败的婚姻确实让我对自己失去了信心，虽然孟飞对于我的安慰让我从和卓非凡失败的婚姻里走了出来，但是我并没有做好马上接受一段新感情的准备。

“你之所以会结两次婚，都是因为没有遇到我，一个真正爱你的人，我一定会让幸福紧紧地包围着你，不会再让你受伤。”每次听到孟飞特别诚恳的话，我的心就会被一种安全感紧紧地包围着，不管受了什么委屈，总觉得一转身就有一个宽大的肩膀可以让我靠着。

“那好，你要是在三分钟之内出现在我办公室的楼下，我就答应嫁给你！”我不知道该不该答应孟飞，虽然我确定自己已经爱上他了，但是心里好像总被一个阴影笼罩着。

“那你过三分钟就到楼下来看，如果我在，你不准反悔。”孟飞的口气就像是吃到了棒棒糖的小孩儿，打心里透着甜蜜。

从婺源回来后，孟飞就回法国了，这会儿他应该在法国的家里睡觉才对。

我看着办公室的挂钟走了三格，心里犹豫了一下但还是走下了楼。 反正孟飞也不知道我到楼下去过，就去看看他的恶作剧要怎么收场，我心里想着。

我慢吞吞地走下最后一级楼梯，抬头，孟飞居然穿着笔挺的西装站在我面前。

我张大了嘴巴："你现在不是应该在法国吗？ 快30℃的天气，你穿这么厚干吗？"再看孟飞的身后，整整摆了一马路的红玫瑰。

"你说过我三分钟到你楼下，你就答应嫁给我的，不准反悔！ 我都没用了三分钟！"孟飞没理我说的话，走到跟前把我抱住。

"可是，"我刚要说话，就被孟飞的吻堵上了嘴，我原本机灵的脑袋一片空白，只感觉到天旋地转起来。

"嫁给我吧！"孟飞吻完，单膝跪在了地上，路过的行人纷纷回头望着我们。 我被孟飞的举动弄得不知道该如何是好，也不知道是因为头顶上的太阳还是不好意思，我的脸热腾腾的，这居然让我在那么浪漫的时刻想到了刚出炉的馒头，我看自己一定是被孟飞弄得烧坏了脑子。

"你先起来再说，那么多人在看。"我急着想把孟飞拉起来。

“你不答应我就不起来！”孟飞跪在地上纹丝不动。

“好了好了，我答应，你先起来！”我居然就这么答应了，不过答应之后好像也没有我想象中那种害怕的感觉，反而幸福的甜蜜快速地开始在我的身体里流淌着。

“讨厌，你把我放下来，你还没告诉我你怎么会突然从法国回来了？”我答应了之后，孟飞站起来兴奋地把我抱了起来。

“这几天回法国，我才发现我离不开你，我一定要娶你。我好害怕我来得晚了就来不及了，所以一大早买了张机票就回来了。”看着孟飞担惊受怕的表情，我想这次我又在他的爱情里完蛋了。

我花了一个月的时间筹备和孟飞的婚礼，这是我第三次结婚，却是第一次举办婚礼。

“看来你这次终于知道婚姻的重要性了。”林小米一边儿帮我挑婚纱，一边儿说。

“我也不知道自己究竟明不明白，只是我想认真一次，真正

为了自己结一次婚。”反正我是从上次和卓非凡倒霉的婚姻里总结了教训，弄个简单的结婚仪式，这除了方便离婚之外，没啥好处。

“嗯，孟飞对你实在是太好了，你这次得好好过。”林小米说，感觉这话和我妈说的一样。

“你可别说了，再说我非得抱着你痛哭一场不行。”

“你给卓非凡发请帖吗？”林小米一贯的作风就是语不惊人死不休。

“我说你能在我结婚的时候提点儿开心的事儿吗？”我瞪着林小米，虽然再瞪我那小眯缝眼也睁不了多大，不过这可以表示我的权威和愤怒，“我和他是老死都不会再联系了，你就别出什么馊主意了。”

“我就是问问，想想他看着你这么快结婚会有什么反应。”林小米笑着吐了吐舌头。

我和孟飞的婚礼吸引了不少媒体，光是知名导演卓非凡的前妻再婚这一条，就足够了。

在觥筹交错和一堆一堆的祝福中，我累得跟只狗似的，拖着死沉死沉的婚纱回了家。

我甩掉高跟鞋，褪下婚纱，把自己放在浴缸里好好泡了个澡。

“早知道这么累，我们就应该登记一下就好了，还劳民伤财地搞这个大一个婚礼。”我和孟飞说。

“娶老婆，怎么能不让别人知道呢！ 我给老婆按摩一下就不累了！”我知道孟飞的心思，在结婚前他就说这回一定要让我风风光光地当回新娘。

我没说话，看着站在浴缸旁边的孟飞，心想上天怎么会这么眷顾我，让自己遇到一个这么好的丈夫。

“你又在瞎想什么呢？”孟飞眨着眼睛问我。

我坏坏地笑了笑，从浴缸里站起来，“没有啊，在想为什么我的老公这么好呢！”然后边说边一把把穿着睡袍的孟飞拉进了浴缸，“你不是说要给我按摩嘛，还愣在那儿干嘛！”

孟飞这才知道自己又被我骗了，“看我怎么收拾你！”

浴缸里的泡泡被我们打得四处乱飞。 这些白色的泡泡里应该包裹着我们的爱情，它们都快乐地在空中飞舞！

第二天醒来，已经是半上午。

“快过来吃早饭了，小懒猪。”孟飞看见我醒了，在客厅叫我。 孟飞早已经起床给我弄好了吐司和果汁儿。

“嗯。”我答应着。

我一边拿起吐司，一边翻看着孟飞买回来的报纸。 果然，我们结婚的消息被放上了娱乐版的头条，“前妻白跃再续异国情缘，卓非凡闭口不谈”。

“我就纳了闷儿了，这我都结婚了怎么还是得和卓非凡发生点关系啊！”我一边吃，一边自言自语。

媒体昨天采访了卓非凡。

“您前妻白跃今天大婚，新一任的老公是位法国人，您有没有道贺？”

“不好意思，我不知道你说的事情。”

“和您离婚没多久，白跃就再婚，您有什么感受？”

“因为我不知道你说的事情，所以也没什么感受。”

“那您现在的感情状态是怎么样的？”

“我想更多地跟媒体谈一些我的电影，如果你下次有有关电影的问题，我再和你谈好吗？”

看着报纸上这段对于卓非凡的采访，我着实有点无奈。这就是作为名人曾经的女人的下场，连结婚后第一顿早餐都让我吃得这么不舒服。

对于一般人离婚，离了就算所有的事情都结束了，可要是你不幸地遇上个名人前夫或前妻，离婚才是真正的开始。不管你想不想再提起你的过去，永远都有人在别处提醒着你，你和他或她曾经有过一段婚姻，你得费好大的劲儿才能从别人给你划好的这个圈子里跳出去。还好，对于我，前夫们都是宰相，肚子里连船都能撑，更何况就一过气的女人。对于我现在的婚姻，前夫们保持了自己的风度，没有发表任何一点意见，要不几个前夫一块儿骂我，估计我能被他们的口水给淹死。要是这些骂声很不幸地再进入现任丈夫的耳朵，那不是等于把我一辈子的幸福都给毁了嘛！

贰拾陆
一个男人最重要的品质是什么

一个男人最重要的品质是什么，如果让我回答，我想应该是责任感。

一个男人有责任感，才不会只想褪下你的裤子而不想和你谈恋爱，当然除非你也只想一夜情；

一个男人有责任感，才不会只想与你谈恋爱而不结婚，当然除非你也想单身；

一个男人有责任感，才不会在冲动结婚后就把所有的家庭重担撂给你，当然除非你坐拥大量金钱压根没负担；

一个男人有责任感，才不会有了孩子自己还当个孩子，当然除非你母爱泛滥，享受照顾两个孩子的感觉；

……

看到这儿，如果你在心里庆幸自己的男朋友一直都很有责任感，所以你们一定可以不光做爱而且还要认真谈恋爱、不光谈恋爱而且还一定会结婚，以为我所说的那些问题一定不会发生在你身上，那么，你高兴的还有点儿早。因为有一个问题你不得不考虑，你的男朋友是有责任感，可能一辈子都有责任感，可是他究竟会拿自己的责任感对谁负责呢？这是另外一回事儿了。你不要觉得我在这儿无病呻吟，在嫉妒你们遇到了一个有责任感的好男人，其实这就像是男人的爱一样，他们的爱大多都是一瞬间的，要让他一辈子爱一个人，那就得靠你的功力，看能不能让他一辈子不停地迸发那样的瞬间；而他的责任感也是，要想让他一辈子都能对你负责，这事儿确实也不容易。

在我再次结婚之后，卓非凡和徐丽之间好像也无所顾忌了，他们两个人牵手亲密的照片整天见诸报端，媒体喜欢用才子佳人来形容这两个人的结合，他们好像是天造地设的一对儿，反正比我和卓非凡在一块儿用的那些形容词是好很多，每次看到都让我心里痒痒的，想想自己好歹也是个成功的女人，怎么和卓非凡在一块儿的时候就没得到媒体的赞赏呢。不过，到了现在，这些事情倒是掀不起任何涟漪了，最多也只能成为我和山子、林小米他们喝酒时的下酒菜了。

但是，令人惊讶的是，就在大家看好徐丽和卓非凡两个人要走进婚姻殿堂的时候，突然被李美给半路劫杀了。虽然我和卓非凡再也没联系过，可是他的新闻天天都在报纸上出现，我是想躲也躲不过，对于这样连我都觉得劲爆的新闻，更是会多瞅一眼。

“哎，卓非凡又不和徐丽结婚了，你们知道吗？”

结婚后，孟飞还是在上海工作，每个月会不固定地回来几次，其实当时的生活和我单身时的生活也差不多。我下班约了林小米、山子他们吃饭，一落座就八卦地说道。

“你知不知道你现在的嘴脸很像香港电视剧里的那些八婆啊？”林小米鄙视地看看我。

“有吗？”我像模像样地摸摸自己的脸。

“我觉得像抗战时期敌人派驻我党内部的特务，你不知道我

们这里的人都不欢迎卓非凡这个人物啊！”山子一脸的正气。

“嘿，还是我错了，什么时候轮到你这么正义了。”我隔着桌子狠狠地拍了一下儿山子的脑袋，“你们到底知道不知道啊？ 这么大工夫了也没人理我的茬儿。”

“不知道，瞧你那兴奋的样儿，搞得好像你要和他复婚是怎么着？”林小米说。

“复婚？ 那我现在还能这么兴奋？ 我也就偶尔幸灾乐祸一下儿，看见没，你们眼里的漂亮主持人也有今天，所以以后别整天拿我和那些女人比来比去的。”我说。

“不和徐丽和谁呀？”山子来了兴趣。

“被半路杀出来的李美给捷足先登了，看来我是丢了一大盘儿好菜啊，这规格起码得是国宴级别的了！”我像个报童一样给大家报告着今天的号外。

“李美？ 不是那个新出道的演员嘛，长得倒是挺好看的，怎么和卓非凡搞到一块儿了？”林小米说。

“那个徐丽不是连卓非凡他父亲的丧礼都给办了嘛，这就翻脸不认人了？”山子刚才那正气的神情已经一点儿都没有了，手托着一张脸，眼巴巴地望着我。

“嘿嘿，我在上海一家报纸上得到的独家消息，你们想不想听？”我卖起了关子。

“你倒是说不说啊，搞清楚状况啊，那是你的前夫，我们这是扮足了姿态给你个面子，你可别得寸进尺啊！”山子得意起来，不过我能看得出他渴望的眼神儿，算了，不跟他们计较了，先把我的新闻发完。

“话说李美怀上了卓非凡的孩子，然后卓非凡和徐丽说要对李美和她肚子里的孩子负责。当时，徐丽一听就傻了，他们两个人都在筹备婚礼了，然后自己的准老公却说要为别人肚子里的孩子负责，那谁为自己负责啊。和卓非凡相恋将近六年的时间里，自己付出了巨大的爱，尽力帮助着卓非凡的生活和事业，最后得到的却是自己的男友要为别人负责的话，徐丽感觉到筋疲力尽，最终选择了放弃，成就了卓非凡和李美的爱情。”我手舞足蹈地给大家描述完了我的独家新闻。

“那是一场怎样的腥风血雨啊！”我补充道。

“我都看见你心里那团幸灾乐祸的小火苗了！”林小米看着我。

“不过，这导演还就是不一样啊，连导自己的生活都得弄出一个出人意料的结局才行。”山子说。

“谁说不是呢！ 那李美可真不是一般人啊！”我兴高采烈地应和道。

这个故事让我心情好了好多天，连我自己也感到莫名其妙。

连漂亮、温柔、贤惠、成功的女主持人都不能保证让自己的男朋友一辈子对自己负责，所以我才说遇到个有责任感的男人先别高兴嘛！ 倒不是说你就比不上那主持人，只是我不幸看到了这样的情况，免不了就想提醒一下各位而已。

有则睁大眼睛观察之，无则加勉。

贰拾柒
不巧，让前夫印证了我的艺术理论（一）

“趺，你看，那个老头儿还在那个报摊儿卖书呢！”刚刚从杂志社出来，要去东边开个会，小蒙指着 CBD 最中心的一个报亭给我看。

我隔着窗子偷偷望了一下儿，老头还和几年前一样精神矍铄，板着的脸上依旧没有笑容。 我吓得吐了吐舌头，赶紧把脑袋往车后座上靠了靠。

“趺，不会你现在见了他还怕吧？ 都给你留下心里阴影了？”小蒙笑着说。

老头儿是我刚办杂志的时候认识的，那时我刚刚开始搞艺术。 老头儿为我开启了创办杂志的第一块儿砖，而我从那之后，在创办经营杂志的摸索中还总结出了一套经济和艺术的关系理论，当然我自己觉得我的理论还是挺牛的。

“林小米，我要办杂志！”和孟飞结婚之后，我把文化公司关了，因为我找到了一件更艺术的事情。

“哦！”林小米头都没抬，应声道。

“你怎么都不问我一下啊？”林小米居然对我这么大的决定不闻不问。

“你做啥事都能做好，这有什么好问的呀！ 何况你的外公以前也办过杂志！”林小米说。

“哦？ 是吗？ 那我算是继承祖业吗！”我不知道林小米竟然对我们家的历史比我自己还要清楚，我并不知道外公曾经办过杂志，原来这是我冥冥之中应该做的事，我心里激动起来。

“也算是吧！ 你居然不知道？”林小米这下终于抬起头来了。

而我却开始沉浸在继承祖业的兴奋当中了，没空看林小米脸上惊讶的表情。

真正办起杂志后，刚开始那种兴奋的心情被一团接一团的麻烦一扫而空，我觉得自己就像是喝了多年的洋墨水然后回国啃了回泥一样。我经常会在睡梦中一屁股坐起来，想着我怎么拣了这么一个生活？每个月都得这样，天那！这不就是跟那傻驴上了套似的吗？我以前在公司做项目，可以一累累上三个月，但是我能有两个月的时间用来休息，现在可好，每个月到时间了，一定得有东西给大家，迟一天都不行。

这点小小的转变我还可以接受，但真正的打击却来自一件更重要的事情。

第一期杂志，几乎每一张照片都是我选的，封面故事和杂志的内容页也是我定的，甚至导读页上的每一句话都是我写的，整本杂志充满了我理想中的艺术气息，看着一本本杂志从印刷机上下来，我感动得眼泪都要流下来了。

第二天一大早，我开着车到各大报刊亭转悠，看看我的杂志卖得怎么样。前面提到的老头儿就是我在 CBD 最中心的一个报亭认识的。

“您好，这本杂志你们这儿还没有吧，能在你们这儿卖吗？”举着刚刚印出来的杂志，我从来没低声下气地和别人这么说过话，即使是在谈判的时候也没有。可这儿是黄金地段上的精品报刊亭，所有在CBD上班的白领都要在这里买报纸杂志，而我们的客户群很大一部分也就是这些白领，所以我可不敢得罪这老头儿。

老头儿面无表情地接过我手里的杂志，随手翻了一下，然后又递给了我，摇了摇头。

“为什么不能摆啊？”我着急地问。

“卖不出去，当然不卖了！”一个报刊亭的老头儿竟然随便翻了就把我全新的杂志给否了，岂有此理。

我还想和这个老头儿争辩一点儿什么，老头儿一转身进了报刊亭，给了我一个背影。

我转头气愤地和小蒙说：“你听见没，他说我们的杂志卖不出去？”

“好了好了，我们先到别的地方看看再说。”小蒙一边儿安慰我，一边儿拉着我走。

这天晚上，杂志社所有人到外面调查一天的销量后回到社里开会。听完所有人报上来的数字之后，我愣住了，居然给让那老头儿猜中了，我们的杂志第一天上架居然一共才卖出去几百本儿。这老头儿真神了。

第二天，我和小蒙拿了条软中华再次来到了老头儿的报刊亭。

“大爷，还是我们，这是我们杂志社的总编，我们还是想在您这儿卖杂志，您看能不能再商量一下？”小蒙替我打头阵和老头儿说，“这是我们主编的一点儿意思。”说着小蒙把那条软中华递给了老头儿。

我们正等着老头儿喜笑颜开，把杂志接过去，毕竟那时候的软中华不是每个人都能抽得上的，没想到老头儿却突然一用力把那条软中华扔到了马路中间，“谁要你们的贿赂，杂志没人看，卖什么卖！”

我们俩简直要被老头儿突如其来的巨大愤怒给吓死了，我惨白着一张脸不知道要说什么，站在那儿走也不是不走也不是，心里还想着要不要去马路中间捡那条已经被汽车压得扁扁的中华烟。

打那儿之后，我就很害怕这个老头儿，他那个报刊亭我也一次都没再光顾过，不过我也是从他那里开始反思我的杂志的。为什么一个畅销的报刊亭老板看第一眼就能断定我们的杂志卖不出去？后来我硬是死皮赖脸地要庞伟给我分析，这才发现杂志光是按照我的艺术观点在做却丝毫没有考虑到杂志的定位、读者的需求、广告商的要求，我的杂志就是一本儿自娱自乐的连环画儿。

看着杂志社的房租、水电、工资、纸张、印刷……每一天都消耗去大笔大笔的钱，我真后悔应该晚点儿再赚那么多钱，当初刚回国那会儿，赚的钱三四个月就能买一四合院儿了，我就觉得特别俗，拼命想追求艺术。现在好了，艺术追求上了，才发现钱那么重要了，没钱都是白忙活。如果杂志再不去迎合读者、迎合广告商，并且没钱来经营，那么我就只能抱着艺术整天喝西北风了。

于是，我开始准备一边倒地去赚钱，拉广告。

“这个广告给我放在封面上！”我指挥着美编给我调版。

“这个放上来一点美感都没有了，我们封面上的照片还怎么看啊！”美编跟我吵着。

“我管他呢，现在广告商是老大，你不给他放谁给你钱啊！”我的声音更大。

“你把广告放那儿，谁还买你的杂志啊！要放你放，我不放！”美编快被我弄疯了，站起来就要走人。

这样的争吵时常都有，我总是头脑一热就开始不管不顾。但结果那期杂志出来后，广告终究还是没放上去。美编给了个内页首页，杂志好看了不少，广告商也没啥不满意的。

现在回想起来，幸好当时旁边还有那么多提醒我的人，使我没有直接倒进钱眼儿里，一直举步维艰地坚守着艺术和金钱的底线，虽然这两者并不容易那么平衡起来。

后来，杂志也在 CBD 报刊亭老头儿那里摆上了摊儿，不过我始终没敢再去那儿。

那个倔强的老头儿给了我办杂志的第一把钥匙，也是从那时候开始我才认真思考着这行，并且还总结出了有关中国艺术和经济关系的一套理论，我对自己都刮目相看了。我觉得中国经济增长很快，而中国艺术在外国人眼里的价值，比经济增长得更快，做什么都有人来投资。但当艺术增长快过经济增长时，艺术就一定会下降。因为艺术是需要沉淀的啊。但艺术家面对的物质诱惑，会让他放弃艺术，而转向回报率……这个过程结束后，再转到艺术上来，你还可能回来吗？艺术是个具有连续性的过程啊。

这些年来，我一直苦于找不到别人来证明我的伟大的理论是正确的，却没想到让卓非凡给撞上了。

打我和林小米、山子他们通报了“号外”——李美捷足先登，和卓非凡好上之后，1996 年，他们两个人就真的结婚了，没过多久，李美就生下了个儿子，看来我的“号外”还是比较真实的。这些都是我从新闻里看到的，谁让人家是名导呢！

言归正传，卓非凡和李美在一块儿后，电影产量下降不少，五六年的时间才倒腾出三部片子，并且几乎都没什么影响力。看来，卓非凡的《戏子》确实达到了他的巅峰状态。

《戏子》刚开始拍的时候，卓非凡是带着玩票性质的，在他的眼里那不过是个俗套的商业言情片，和他眼中的艺术相差甚远。但是后来《戏子》超乎想象的成功让卓非凡突然感受到了电影结合商业之后给自己带来的巨大的兴奋感和成就感，从那之后，他其实已经放弃了对于艺术片的追求，开始了在商业电影道路上的摸索，这点好像他比我明白得要快一点儿，因为他在摸索的时候，我还在苦苦地追寻着我的艺术。

2002 年，卓非凡拍摄了第一部进军好莱坞的影片《致命诱惑》和一部本土的片子《我和你》，在前几部影片的积淀之下，他正式试水商业影片。

《致命诱惑》是卓非凡的第一部西部片，我后来看到过碟片，但是却没有从他的电影中看到美国纯正商业片的影子。我想，在美国的那几年，卓非凡只是吸收了很表层的东西，从电影来看，他在思维、精神气质以及世界观上都没有发生根本的变化。在这样的状态下拼接起来的商业西部片，效果可想而知。卓非凡没想到这部商业片会让他输得一塌糊涂。

倒是《我和你》出奇意料地在国内夺得了 2 000 万元的票房，终于让他有机会证明这一次他终于抓住了市场的脉门。

卓非凡证明了我的理论中艺术家放弃艺术转向回报率的前一半过程，虽然在他艺术的遮蔽下一路跌跌撞撞走来的商业萌芽显得那么弱不禁风，但是卓非凡还是觉得自己看到了市场的方向，以至于在接下来三年的时间里，他铆足了劲儿，要打造出一部自己眼中最商业的电影。

贰拾捌

不巧，让前夫印证了我的艺术理论（二）

其实，在那时候的电影界，放弃艺术进军商业的艺术家们不只卓非凡一个人。在卓非凡的心里总有一个特别骄傲的地方，是那种高干艺术家庭出身的自带的优越感，在别的导演都已经走向商业化的时候，他还很难放弃那样的高姿态去接受现实。

我记得这样的心态他在美国学习的时候就出现了。

那时候，卓非凡和美国圈子里的华人在一起，有点像《北京人在纽约》里头的那个场景——一群中国人，一块儿包饺子，唱文革歌曲，喝得烂醉，然后坐一堆儿开始轮番把美国人骂一顿，把所有外国人骂一圈，最后就回归到一个劲儿讲自己的艺术有多么好多么好，因为那时候和他相处的基本上也都是些旅居美国的华人艺术家，大家就有这样的共同语言，可是，骂完了又怎么样，没有一个人愿意回国的。

我当时就特别受不了这个，我觉得你到了另外一个国家，你就应该去尝试了解这个国家，融入人家的文化，不要永远都站在它的边缘去审视它，不要站在这个文化里头去回忆那些你出来时就想离开的文化。你就学学英文、看看美国的报纸、和美国的艺术家聊聊天儿不好嘛，不要一句一个外国人外国人地叫着，固守着自己心里那点儿优越感，排斥着人家的文化，你优越什么啊，现实是你才是外国人，人家不是！

所以，卓非凡的这个想法一直到他后来在自己电影上进行转变的时候还一直保留着。等他准备进军商业电影的时候，电影界里商业影片早已经层出不穷，热闹得跟煮沸了的水一样咕嘟咕嘟地冒着泡儿。

赵英雄在2002年的时候，推出了自己第一部古装商业大片，启用全明星阵容，内地票房2.5亿元人民币，全球票房1.77亿美元，并获得了奥斯卡金像奖最佳外语片提名。当时的卓非凡和赵英雄算是中国电影界并驾齐驱的领军人物，但是赵英雄凭借当时的成绩给卓非凡带来了一个巨大的冲击。

不仅如此，新一代导演周坚强的横空出世，又让卓非凡感到了在夹缝中求生存的艰难。

周坚强原先就是一个电影厂的美工，按照现在的说法不过就是个技工，就是有技术的工人，后来干编剧起家，一下子有了名气，便转行自己拍电影，让谁也没想到的是他竟然就成了中国贺岁片的鼻祖级人物，语出豪言“我不拍贺岁片，观众看什么！”。

依我对卓非凡的了解，周坚强在卓非凡的眼中应该算一个草根导演，并没有他所谓的艺术底蕴，而周坚强的成名从一开始就是在商业电影中成名的，与卓非凡一直推崇的艺术毫无关系。 对于这种人，卓非凡是很看不上的，因为其“没文化”，但是周坚强恰恰就是给了卓非凡一个下马威。 除了拍了一系列赚钱的纯粹的商业贺岁片之外，更是从 2002 年就操刀了一系列纯商业广告，让他在被观众极度认可的同时，赚了个盆满钵满。 这让一直徘徊在艺术当中、不食人间烟火的卓非凡显得那么的格格不入。

正当卓非凡努力探索的时候，2005 年，某知名网站邀请卓非凡、周坚强和电视剧知名导演武侠操刀一条长度两分钟的广告，每人的制作费用分别是 1 000 万元人民币，届时，三段广告将分别在各台各时段轮番播出。这对卓非凡来说是个好消息，他要通过这个机会和其余两个导演展开一场对决，以证明自己无论是在艺术领域还是商业领域，都依旧是电影界的老大。

卓非凡、周坚强、武侠三大导演同时接受了邀请接拍广告，并且声称都要公开进行广告片主角的选秀活动。虽然三个人在表面上和和气气，但实际上从选秀阶段开始就已经较上了劲儿。卓非凡迫不及待地率先丢下“炸弹”，宣布自己广告短片的女主角为当红一线女星孟菲菲，让报名参加卓非凡广告拍摄的男主角的数量一下子飙升，比周坚强和武侠组的报名人数高出了几千票，先弄了个声势浩大。

随后，从来没有涉足过广告的卓非凡发挥其一贯精益求精的工作作风，来制作这个两分钟的短片。

对于这三段昂贵的广告片，观众翘首以盼，我当然也不会放过看一场好戏的机会。

当三段广告揭开面纱的时候，主办方还特地举行了一场隆重的首映礼。

武侠的广告片华丽、鬼魅，周坚强的广告片幽默讽刺，而卓

非凡的广告片依旧充满了他最熟悉的人文气息，他用了很怀旧、很抒情、很美的手法来表达女主角和一只狗之间的感情。画面很唯美，像是他早期电影的缩影版，但是这样的表达方式却和出资3 000万元的网站的广告商、读者群的定位完全不一样。卓非凡似乎忘记了广告是要做给目标客户群看的，否则这广告不过就是个自娱自乐、自我陶醉的小品而已。这三段广告最后给这个网站带来多少收益我没考证过，不过，在揭开大幕后没多久，这三段广告就消失在人们的视野中了。

这正是广告和艺术的区别，也不是商业和艺术的区别。卓非凡再一次证明了我的艺术理论，在这场对决中，卓非凡再一次要将艺术转化为商业，再在商业中寻求艺术，但事实证明，他并没有成功。

贰拾玖

我快崩溃了

“我这几天都快要崩溃了！”我冲到庞伟的办公室，坐在沙发上冲庞伟喊道，这秉承了我一贯直爽的性格。

“你怎么了？”庞伟抬起头莫名其妙地看着我，“是被谁欺凌了吗？头发像是刚从床上爬起来的一样乱！”

“我是能被人家欺凌的主儿吗？你也不看看。”我边整了整自己的头发边说，一定是刚才从家里出来的时候忘记梳了，我现在也不记得了。

“我说也是。那你怎么了？”庞伟继续问道。

“我觉得我都快被你折磨疯了，那个我前夫的专栏还有完没完啊，究竟要写到什么时候啊！ 这些天写得我想任何事情都能联想到前夫，昨天我在分析我的艺术理论的时候，愣是把卓非凡也放了进去，没想到他还真的给我的理论做了回证明，你说我要不要崩溃啊！”对于十几年都不相往来的人突然间不停地闯入我的脑子，我实在是忍无可忍了。

“就你那理论还能有人证实，这是多好的一件事儿啊！”庞伟完全没理会我气急败坏的样子。

“你怎么一点儿同情心都没有，我那点儿修养都让你给破坏了，让人家觉得我整天都在公开场合说我的前夫，我受够了，不写了！”我和庞伟摊了牌。

对于前夫，我当然觉得应该保留一些自己的修养，虽然我这辈子可能都和淑女挂不上钩了，但是基本的礼貌还是一直保持着。 不四处评论前夫，不披露和前夫的生活，不评论前夫现在的女人等等，不过，这种修养在庞伟逼我开这个和前夫的专栏后，就被践踏得一点儿都不剩了。

“白跃，你要讲道理哦！ 你说你前夫可是他拍《魔咒》的时候你就说的，不是从我这里开的头儿啊，你不能冤枉我，然后说不干就不干了！”庞伟摆出了上海人的架势，要和我理论到底，“再说你的修养现在不还是挺好的嘛，有些事实该说就是要说啊，遮遮掩掩的不好，说出来才能给自己提个醒儿，也才能供大家借鉴嘛！”

庞伟说的那件事情，是2005年卓非凡拍《魔咒》时候的事情。

自从2002年卓非凡拍了《致命诱惑》和《我和你》之后，他就花了三年时间，花费了3亿多元，和李美鼓捣出了一部魔幻巨制《魔咒》，一部完完全全的商业大片。

野心勃勃的卓非凡积蓄了三年的力量和3亿人民币，立下一个誓言——要做中国最有想象力的电影，这是卓非凡的第十部电影，也是他铁了心要真正与民同乐的一部电影。

我走进电影院看了这部影片，就像看其他导演的影片一样心情平静。开篇富有诗意的旁白，带着卓非凡以前艺术电影的一贯烙印，让我心里有点儿担心，不知道三年磨砺出来的这部片子究竟能不能成为真正意义上的商业片。整部电影从光线、服装到饰品都极尽灿烂，似乎是中国商业片中少有的气象了，然而在大家气定神闲真正准备来看场电影听个故事的时候，却发现那不过是一个在华丽背景下发生的一个乏味、空洞的故事，流露出一种贵族没落却傲视群雄的气质。

我失望地走出电影院，这就是卓非凡三年的积淀。我始终相信搞艺术的人总有一些自恋情结的，他们由心而生创造着自己的艺术作品，表达着自己对于世界的认识。但是从一开始，卓非凡已经定位了《魔咒》是一部走商业化路线的电影，是一部魔幻巨制，所以他就不能不面对观众，不能不考虑到观众的认可度。即使退一万步讲，就算这还是一部艺术电影，也需要跟观众产生心灵共振吧。可现在这是什么，几乎像是三年来卓非凡的闭门造车。

一个可悲的故事，终究还是让卓非凡在这里栽了个跟头。

这不是我一个人的评价，翘首企盼了三年的观众在看到这部费时费力又费钱的《魔咒》之后，几乎都要崩溃了，无数的愤怒在网络上蔓延开来，更有网友愣是根据《魔咒》自己给改编了一个短片，在短片中精辟地用一个烧饼描述了自己对于电影故事的概括理解，幽默的语言和对电影独到并略带讽刺的剖析，在网络腾空出世后就掀起了轩然大波，知晓率几乎超过了卓非凡的《魔咒》。

接下来的问题是，本来是网友的一个个人自娱自乐的行为，硬是把站在悬崖边儿的卓非凡给激怒了，冲着媒体就说自己要告这位网友，一个堂堂大导演非要和这个网上的小朋友打官司。 而李美作为卓非凡坚强的后盾，在和卓非凡结婚之后，时时刻刻都保护着这个男人，无论是生活上还是事业上，李美一路从演员做到了制片人，就是为了帮助卓非凡圆他自己的梦。 这次看到这么多反对的声音，李美可是当仁不让地站出来帮卓非凡说话，宣称不弄个结果出来一定不罢休，两个人完完全全是影视圈一对儿模范夫妻的样子，甜蜜的嘴脸夹杂在对于草根网民的愤怒中，实在是搞笑至极。

本来这事儿和我没啥关系，我最多就是去电影院看个电影，不好看我也骂两句，并且最多也就是私底下骂骂，绝不四处张扬。 可问题是，最近林小米、山子、陈安妮之类的损友，天天往我们家聚会，毫无遮拦地拿我开涮，一来就说卓非凡现在和那个网上的小朋友官司打得怎么样了，点拨我以前怎么就找了这么个旷世奇才，带着讽刺和嘲笑的口气，并且宿宿讨论到深夜，连续讨论了有一个礼拜，原来都还绷着点儿，昨天晚上算是达到了高峰，一桌八个人，全喷出来了，直把几个人笑得连腰都直不起来了。

我在一旁傻坐着那个委屈啊，我不就是和他结了一次婚嘛。那时候我才知道女人嫁人要慎重，我这辈子是来不及了，下辈子一定注意。 不过，我觉得我还是个知错就改的好孩子，虽然来不及退婚，但我还是选择了离婚呀，到现在两个人都十几年没有联系了，大家还是不肯放过我，硬要把我和他扯在一起。我是哑巴吃黄连，有苦说不出。

对于前夫，我从来都秉承自己要有修养的原则。把自己的姿态摆得很高，努力让自己置身事外，多沉默少说话，主要也是怕我那些个前夫联合起来对付我。可是连续一个星期，这帮损友的聊天，让我这个平日里口若悬河的人再也憋不住了，不过，说实话，我其实也觉得这件事情实在太好玩了，索性就没修养一回好了，反正这辈子都不会有人承认我的修养比我妈好，既然超不过，那就豁出去了。

于是，我义正词严地在我的博客上对这件极其有趣的事情发表了自己的看法："咱们大导演和小网民相比，那起码是宰相和百姓的关系了，俗话说宰相肚子里能撑船，可最近咱们的大导演肚子里却连个烧饼都装不下，这不是有点儿小肚鸡肠了嘛！更何况人家让你装的是烧饼也不是高粱，怎么会那么难以下咽。我自己都吃了这烧饼，口感不错，明显是用了精道的富强粉，活脱脱地就把原来的粗粮弄成了家常菜的等级，这不是特好的一事儿嘛。要是换了我，我巴不得都把家里的粗粮贡献出来，什么陈康烂谷子的，搁家里也是生虫占地方，不如让人家也给我加工一下，弄些烧饼还能宴客，既挣了面子，说不定还能卖了挣钱，名利双收。

自嘲是每个聪明人必备的武器，特别是遇到困境的时候，能自己给自己点拨解围当然好，但是不能的时候，能有别人的嘲笑也是件很好的事情，起码能弥补自己观察力不足的问题。对于别人的嘲笑，像鲁迅那样要‘痛打落水狗’的人还是少数，大部分人都会网开一面，一笑了之，有聪明者还能取其精华去其糟粕。不过今天，咱们的大导演好像誓死要做回鲁迅了。

我十分欢迎大家多看我们的杂志，如果觉得我们也是粗粮，欢迎给我们蹂躏成烧饼。

末了，我得郑重地和当事人道歉，只是我再不说，是会被憋死的。”

这篇文章算是开了戒了，我在热热闹闹的战场上又加了个重型炸弹，我自己早已经跟着我的博客乐够了，可读者和观众抓着我的博客看了一遍又一遍，发泄着他们心里的怨恨，这坏人可算是让我一个人做了。

“那回不一样，那事儿实在是太逗了，我想我憋着说不定要憋出个癌症啥的，这才开了戒。可现在是你逼的！”我冲庞伟说。其实那次的事情也把我害苦了，好长一段时间，媒体逮着个机会就问我和卓非凡的事儿，让我评价他几句，没想到我博客上的几句话竟能引来媒体这么大的兴趣，后来我就闭嘴了再也不敢说了。

“那好吧，你再写个一两期就收尾吧，我给你放个大假，暂时不用给专栏供稿了！”庞伟轻描淡写地说。

“哇！你怎么这么好，我是不是该请你吃饭啊！这不像你的作风呀！”我都怀疑自己听错了，庞伟会这么容易放过我？

“嗯，我也有好的时候，只是你对我一直有偏见，不容易发现我的优点。当然，你说的饭还是要请的，就待会下班吧。”庞伟诡笑道。

我心里乐得都顾不上分析庞伟的表情了，屁颠屁颠地给庞伟去饭店订位子了。

叁拾

有错儿就改

今天请庞伟吃了顿法国大餐，换来的是他给我规定的“我和我前夫”的专栏再写两期就可以终结的美差。吃完饭，我擦擦嘴巴说：“我第一次觉得有钱能使鬼推磨，连你这么刻薄的人在我付出金钱之后，都能答应我这么一件伟大的事儿！”我有点儿得意。

庞伟绅士地把头往上抬了45度，用雪白的餐巾擦了一下儿嘴角，这男的怎么吃得比我还优雅，我鄙夷地看着他，等待着他的高谈阔论，每次他这么深沉的时候，总是有话要说。

“不是有钱能使鬼推磨，这句话用到这儿就不合适了，而是

你总是撞在枪口上。其实你每期的内容我都认真读过了，基本上你和你前夫的事情也写得差不多了，我看再有一两期结束篇就完美了，所以我才答应你以后不用再写了。要我帮忙的时候，不得不写我的专栏；专栏基本写完了，才来求我不要再写下去了，还被我揩了一顿饭。哈哈！”庞伟说完这段话的时候，脸都快要绷不住了，狡诈的笑容从眼角、嘴角甚至是鼻子旁边冒了出来。

我真后悔提前埋了单，看着眼前这个冤家，我和他的较量总是在我自愿掉进他的陷阱之后草草收场，我发誓以后再也不和他来往了。不过这样的誓我已经发过很多回了，每次都是庞伟给块糖我就忘了。

按照庞伟的意思再写两篇结局篇，我兴奋得都不知道要写什么了。“我和我前夫”的专栏让我唠唠叨叨写了这么多期，想必大家对我和我前夫的那点儿破事儿应该都了如指掌了吧。我和我前夫现在各自都有幸福的生活，几乎没有交集，写到这儿，我觉得我们特别像是现代版的童话故事，之所以是现代版，那是因为王子和公主都个性十足地各自去寻找幸福了，不像给小朋友讲的那种大家幸福地生活在一起。

还剩两篇，那不如写写我眼里的我、我眼里的前夫吧，也算是对我们的一个总结。

第一个写我。

“我是一个什么样的人？ 我只想用一个我最明显的特点来概括我自己。”我问我那帮死党。

“你是一个爱讲脏话的才女！ 绝对的才女！”这是林小米的评价。

“你是一个执着于自己的人，在任何情况下，你只听从你的感受！”陈安妮说。

“只能用一句话吗？”山子问。

“你的话怎么那么多啊，你没看见人家林小米和安妮都只用了一句话嘛，还问。”山子每次都这么啰嗦。

“那你就是一个略带神经质、工作敬业、敢爱敢恨、生活浪漫、主意多变、自由随性的女人。”山子歪着头想形容词。

“你还真是夸奖我，用得着那么多形容词嘛！”我说。

其实，要我觉得吧，我自己就是一个有错儿就改的人，不管

是在什么方面。我觉得有错儿就改一定是个好孩子，不管你多久以后才知道这个错儿。

感情可能是我一生中最让大家关注的一件事儿，在感情上，我的好和不好的地方都在于我特别愿意认错儿。对于任何一段感情，我都不愿意将就，如果一段婚姻让我开始觉得我必须通过不停的忍耐来和对方相处，或者即使忍耐了也没办法和对方走在一条线上时，这种没有轻松可言的婚姻就一定是走到尽头了。

这时候，我肯定会很勇敢地去承认这个错误，而不是去逃避，即使这个错误被认识到的时间比较晚。然后比较可怕的事情来了，我认完错之后，是一定会改的。也就是说，不论我和谁的婚姻，一旦让我发现是个错误的时候，我肯定会在第一时间进行改正，尽早结束这段婚姻。这可能对有些人来说不可思议，她们宁愿自己偷偷地躲在家里掉眼泪，也要让自己在别人面前表现出很幸福的样子。忠贞不渝，或者说是对一种明知道错误的爱情忠贞不渝只是某些人选择的一种生活方式，并不是一种道德标准，所以对我而言，我还是觉得知错儿就改才好，起码剩下的时间你会有机会过得很好。

这个有例子为证，好像我一生的感情都在证明这点。

第一次和 Mike 的婚姻，他教会了我很多美国最实际的生活方式和思维方法，这在今后的生活和工作中都让我受益匪浅，但是在他身上我没办法找到融入的感觉，所以我选择了离婚；第二次和卓非凡的婚姻，真正帮我找到了中国文化的根儿，这是我后来开办文化公司或者创办杂志最直接的动力，但是有些人就只是拿来崇拜的，不能当作丈夫，卓非凡就是这样的人，于是我也选择了离婚；第三次，是和孟飞的婚姻，他让我真正圆了文化上的梦，但终究还是有一些原因让我们不能在一起。

在我第三次结婚的时候，我和孟飞认认真真地办了婚礼，恭恭敬敬地宴了宾客，我虽然结了三次婚，但是这样兴师动众的却是第一次，我以为我第三次的婚姻将按照这些程序一样规规矩矩地走下去，直到我老死。

结了婚之后，我的确也有了不少变化，我甚至开始为了孟飞一个月从上海飞到北京的那几次而专门买了烤箱学烤面包，孟飞非常喜欢吃烤面包片儿。我是那种干什么都一心一意的人，上班工作会一心一意，很敬业；下班回了家过日子也很一心一意，敬业地谈情说爱。我是做好了准备要和孟飞相守到老的。

不过，感情的事情好像总是不像我想象的那样。我和孟飞一

共相处了七年，是我经历过的最长的婚姻，但是到头来我还是渐渐感觉到自己不能再忍受这样长期的两地分居，不能再忍受自己要为了他的生活习惯而一改再改，一忍再忍。

后来，我专门飞到上海，和孟飞坦诚地谈了一次，我发现我们两个人在那个时候都已经开始在将就对方，因为生活环境、生活习惯、生活细节，于是，我毫不犹豫地选择了离婚。虽然我知道孟飞对我一直都很好，直到离婚那天，但是我们两个人都觉得已经不能轻松地和对方生活在一起了，在我们的婚姻里也已经找不到我们原先希望拥有的，所以我知错就改地结束了这段婚姻，虽然我已经是第三次离婚了，但是起码在结婚七年之后，我还有这个勇气面对我的错误，解决我的错误。

值得庆幸的是，随后的事实告诉我，知错就改确实是个好孩子。不久之后，我就遇上了景天，他给了我一个特别完美的生活，我们两个人在一起特别融洽，这是我这一辈子头一次享受到，让我觉得特别难舍难分。

其实，我要找对象，很多人看到我这样的，一定得说我得找一个门当户对的，家里头得有点背景吧，得留过洋吧，得有点学历吧，得是个什么艺术家文化人吧，整天研究这研究那的……可结果怎么着，这样的人我都找过，可是没有一个是我想要的，直到遇见景天，一个只有高中毕业的室内设计师。

当时，我找他的时候我就知道，他和他的前妻有一个孩子，我得当后妈；他学历不高，只有高中毕业，也根本没喝过洋墨水，但是那时候我觉得这些都是特别扯淡的事情，我看准了便义无反顾地就和他在一起了。一直到现在，我们在一起八九年了，我始终认为这是我在感情的道路上作出的最正确的一次选择了。他特别能包容我，很幽默，和我说话能对得上，和我生活也能合得了，他给了我一个特别完美的生活。所以要是没有之前的知错儿就改，也就没有现在所谓的幸福。

还有一个知错就改的事儿，我得拿来说说，因为这事儿比较特别，能遇到的人实在是不多。

因为众多前夫中有一个中国知名的导演，所以注定了我这知错就改以后得遇到些麻烦事儿，不过，这在我离婚之前可都没想过，我那时候压根没感觉到原来我的前夫和我都那么有名气！

自打我和卓非凡离婚之后，我便经常借着前夫的名号登上娱乐版头条，只是这并不是我的意愿。一来我不想做娱乐明星；二来我不想给卓非凡当经纪人，牺牲我自己来经纪他；三来我实在也不愿意出什么名儿，否则光炒我的家庭背景就能弄出不少的动静，所以对于频繁地被媒体“骚扰”，我实在是感到很头痛。

而这样的现象因为我一时没憋住，于 2005 年破戒在我的博客上“诋毁”了我的前夫而正式达到了高潮。从此，我就在媒体面前落下了把柄，成了媒体眼中的异类，因为我可以毫不顾忌、灵活地使用各种街头语言、可以随性冷嘲热讽地来对待我的前夫，媒体由此还给了我一个如此雅致的绰号“名门痞女”。

从此，我的生活再也没有安静过，大伙儿也不在乎我是不是在脑子里正想着我的情人，或者正和情人闹别扭想不出什么方法挽救，总之一见到我，就一窝蜂地开始问起来：

“白跃，请您谈一下您目前的感情状态吧？是不是还和卓非凡有联系呢？”

“白跃，您现在看重异性的眼光中，要有艺术家天性这一条还占那么大的位置吗？因为我们听说您以前和卓导的结合很大程度上就是因为你看上了他的艺术才华？”

“白跃，在您眼里卓非凡是怎么样一个人啊？”

“白跃，您能不能评价一下卓非凡导演的新片？”

这样的问题几乎在每一个新闻发布会上都会出现，记者对于我的关心永远都脱不开我的前夫，好像不关心一下他就觉得对不住我似的。话题总是围绕在我和我前夫的问题上，那个十几年都老死不相往来的人好像已经永远地占据了我的生活，这种感觉让我毛骨悚然。

终于，我正常的生活被打乱了。有时候还在和景天享受甜蜜的时候，媒体的电话就打过来问卓非凡，直浇得我一身的凉水。那之后，我才意识到离婚没有错，错的是离完婚之后我还忍不住嘲讽了人家，这就不对了，看报应来了吧！

我开始一边在心里感谢卓非凡在这几年中并没有站出来对我进行指责，一边开始培养我的淑女气息，多做事儿少开口，虽然我知道这辈子估计是不会被别人认为是淑女了，不过改一改总比不改强，好歹也算对得住我妈妈高贵的气质了。

我开始告诉大家我现在不过是一个普通的女人，过着再普通不过的生活，为工作奔波，为柴米油盐忙碌，为了谈情说爱而恋爱，和知名的导演的生活没有任何的瓜葛，我也并不像大家想象的那样特立独行。

后来我发现，我知错就改的态度感化了一些媒体，他们不再抓着我不放了，可即使这样至少还有一半的媒体不相信我能把自己弄成了大家闺秀，让我说句话就会脸红，所以他们总还是乐此不疲地喜欢拐弯抹角儿地问我点儿卓非凡的事儿，然后回到自己的办公室后再深入地剖析一下。

正是在这种无奈之下，我才答应了庞伟的要求，把我和卓非凡的事儿一次说个够，这样，我和他应该都能平静地过自己的日子了。 这也算是给我这么长时间以来在这里自私地对大家心灵和头脑荼毒的一个交代吧！

最后，关于工作上知错就改的事儿，我就不多说了，要不我能从门外汉成了“知名”的出版人嘛。 呵呵，请各位看在看了我那么多隐私的分上，允许我自己稍稍自我安慰一下吧。

叁拾壹

他确实是一个艺术家

在深刻剖析完自己的优点之后，应庞伟的邀请我最后再来说说我的前夫卓非凡吧。

“庞伟让我写写卓非凡，你们说卓非凡是一个什么样的人？”我问我那帮死党。

“他就是一处在艺术层面上的高端花花公子。”林小米嘲讽道。

因为我的关系，我这帮死党对于卓非凡也是极尽刻薄，每次她们在谈论卓非凡的时候，我自己都觉得挺对不住他的。不

管后来结果怎么样，好歹当初我也是满腔热血地扑倒在这位艺术家的怀抱里的。

“他应该还是一个在中国电影史上举足轻重的导演吧！”陈安妮的评价还比较客观。

“我可不想评价人家了，本来是我的哥们儿，就因为你们两个人的事儿，我们现在都没怎么联系了。”山子赌气地和我说，不过他从来都是这样只是嘴上说说，心里永远站在我这边的，不愧是我的发小儿。

在我眼里，其实卓非凡确实是一个艺术家，到现在也是，只不过他是一个被生活强奸得体无完肤的艺术家，一个在主流里挣扎的艺术家，一个已经年老的艺术家。

卓非凡出生在一个艺术世家，从小喜欢诗歌，他经历过文革，经历过上山下乡，26 岁的时候进入北电，正式学习过表演。 这样的出身让他与生俱来地带着敏感而忧郁的文学心理，饱含着忧患和反思的深邃思想。 他连同他横溢的才华和那些深深刻在每一个毛孔中的思想一起，走进了电影世界，我想没有哪一个人能比卓非凡更能代表中国近 20 年的电影文化，更能代表那一代人的执着与痛苦了。

《高原》让卓非凡享受到了出师大捷的喜悦，在他的电影人生中堪称一个里程碑。“黄河空自流去，却不能解救为它的到来而闪开身去的广漠荒野。这又使我们想到数千年历史的荒凉，大音希声，大象无形。”卓非凡把自己背负的沉重的思想放在电影当中，在那个年代让人们看到了一部新奇的像诗歌一样的电影，他怀柔天下的胸襟在电影中展露无遗，这是那个时代所有艺术家共同的理想和抱负。卓非凡从这部影片中一跃而起。

卓非凡和第一任妻子的离婚就是在《高原》公映后，虽然之后我接替了她的位置，不过，卓非凡始终没有过多地提及他的第一任妻子。我想，在他的眼里，那时候的他应该迫于一肚子思想没人能理解，迫于找一个志同道合、门当户对的妻子来和他一起分享艺术上的欢乐悲喜。

卓非凡的巅峰状态现于《戏子》，一部足以让他跨入世界名导行列的电影。那个时候的卓非凡当之无愧地可以称得上是艺术家，他并不是一个艺术工匠，简单地把一部小说打磨成一部商业电影成品，卓非凡把《戏子》雕琢成了一件惊世骇俗的艺术品。

《戏子》的高潮出现在文革开始，而经历过那场大洗礼的卓非凡完完全全通过“戏子”释放了一回自己的感情。让人们真真切切地目睹了在那一场战斗中激愤前行却最终无奈幻灭的一代人，感受到了他内心悲天悯人的疼痛。所有《戏子》带来的震荡和悲伤，不如说是卓非凡内心当中无法磨灭的时代留给他的阵痛。

我不敢说《戏子》是卓非凡的绝品之作，因为在他有生之年他还有大把的时间去超越这个作品，但是《戏子》的确是他到目前为止最成功的作品，一部让他走向辉煌的作品，一部让他停留在巅峰状态进退两难的作品。

在卓非凡最辉煌的时候，我选择了离开他。我与他共同经历了从坡底爬上顶峰的兴奋过程，却也看到了他在最高处挣扎徘徊的痛苦时刻。

从《戏子》之后，卓非凡好像滑到了自己给自己设好的陷阱中。

他在顶峰那个只能够放得下足尖的狭小的空间里，如履薄冰地寻找着去往更高山峰的路口。他内心里本能的知识分子的习性，让他不得不徘徊在自己一半坚定一半犹豫不决的道路上。卓非凡是一个儒者，我承认，一个即使在美国也要牢记中国文化的儒者，他不屑于随波逐流，却也不敢打破自身的框架，他在努力传承中国文化的同时也给自己戴上了无形的枷锁。

他不像赵英雄，心里没有那么多顾及，可以敢作敢为，大开大合，即便是跌到了，也可以毫无顾忌地爬起来。

而对于卓非凡来说，即使生活一遍一遍无情地告诉他，要屈尊来适应已经变化了的现实，可他还只是会端起知识分子的架子，夹杂着那种文人的傲慢，不容许外界对他的理念产生一点亵渎，然后就在这样的清高中对于现实拿得起却放不下。 这样的想法直接导致了他在《魔咒》中的失败。

一个女人和三个男人在不知道的年代里的爱恨纠葛，这个空洞乏味的故事无力地在他带有贵族气质的华丽背景下展现出来。 当耗资3亿元、耗时3年的《魔咒》最终被一个小小的草根网民轻而易举地击碎时，卓非凡终于愤怒了。 他像一头受伤的狮子一样，在被生活一次次剥夺去艺术的贞操后无奈地走上了商业化的道路。 他身上依旧披着没落贵族的华丽绸服，甩着长长的衣袖奔跑在尘土飞扬的道路上，满是牵绊，他没想到自己才刚一露头就在这条道路上狠狠地摔了一个大跟头，连过往的行人都在嘲笑这个不知道从哪个朝代闯入的陌生人。

卓非凡太过于追求完美了，在他永远骄傲的内心的驱动下，

他放弃了自己的领地，去和别人争抢，结果他输得很惨，他试图放下自己高贵的气质，像个地痞一样在竞争中奋勇搏击一次，但是他没有意识到自己放不下的东西太多。

《魔咒》的失利似乎一下子让卓非凡老了很多。当坐在公众刻薄的审判席上时，他依旧沉稳地端坐在那里，但是我发现他的眼角还是多了几条深深的皱纹、皮肤松弛了、连头发也白了不少，他不再是那个忧国忧民的文化愤青，他在不断地渴望、得到、失去、再渴望的漩涡中一层一层地剥掉了身上原有的那些桀骜不驯的外衣。他应该是老了，老到不再奋力冲杀，而在乎起别人对他过往的评价了；老到可以平静地对待记者和观众的奚落了；老到要眷宠着一个美丽的花瓶而安享晚年了。

现在，卓非凡带着《名伶》蹒跚地向我们走来，兜兜转转，他还是想要向人们证明他仍旧是一个艺术家。然后在投向商业之后再重新拥抱艺术，但艺术还能回来吗？我不知道。只是，卓非凡告诉我们五年以后再去理解他的《名伶》，那样会更深刻。那不如就让我们期待五年之后的重新审视和回忆吧！

好了，对于过往，我说完了。我承认我的感情有一定的八卦价值，但从现在起再没有八卦可供人们挖掘了，对于过去的人和事，我们还是抱着感激的态度吧，然后我要回家做我的贤妻良母，而大家的八卦也就到此为止吧！